新 潮 文 庫

ブロッコリー・レボリューション

岡田利規著

JN150130

新 潮 社 版

12001

目次

ブロッコリー・レボリューション

楽観的な方のケース

海岸のそれなりに近くにある私のアパートの目と鼻の先に、パン屋が開店しました。半年ほどのあいだ空き店舗物件となっていた場所が、そうなる前は、洋菓子屋でした。シュークリームが税込み百円で売られていた、というだけのことが、おそらくは理由で、人気があったのですが、それは私にとっても例外ではなくて、少なく見積もっても、一日おきには食べていました。食べ飽きませんでした。

その洋菓子屋は、元々あった場所からそんなに物理的に離れた地区ではない、しかし住所の表記が単に丁の数字の増減といった程度の変化ではなくて、地名自体がまったく別である、一戸建ての並ぶ住宅地の一帯の、ほとんど中心部に、移転しました。その一帯だったらたぶん値上げしても大丈夫だろうと、洋菓子屋が見込んだのだろうというのが私の推測ですが、シュークリームがいつのまにか百二十円になったので、それがもう決定打で、実際の距離以上に、私とその洋菓子屋の心理的な距離は、遠くなりました。おかげでここ半年で、少し痩《や》せました。私が折に触れてその前を通るたび、しかし変わらず店は繁盛《はんじょう》していました。でも、もう洋菓子屋に対してはなんとも私は思わなくなっていて、そのシュークリームの特にどこが美味《おい》しいというわけでもなかったというのが、今にして思うと私の正直なところでした。当時は、カスタードクリームであればなんでもよかったのかもしれません。

半年間その場所の借り手が決まらずにいたのを、私は、特に義理もないのに気にかけていました。ようやく埋まると聞いて、ほっとしましたが、さらに輪をかけて、そこに次にできるのがパン屋だというので、私は子供の時からパンには目がなかったので、内装工事をしている様子を遠くから眺めているだけで、高揚がもたらされ、これから幸せが私のそばにやってくるのだ、という浮ついた言葉が頭の中にのぼってきてしまうほどでした。

自分でも意外なほど、その高揚をもてあますようになってしまっていましたが、やがてパン屋が実際に開店し、店頭に開店祝いの花輪が二つ飾られている様子を、その前に立って眺めると、ようやくその高揚は収まりました。私は、いいパン屋さんだといいけど、どうということのないパン屋さんかもしれない、それは分からないな、と思いました。

二週間近く経《た》ったある日、午後二時頃にまだ昼食を食べずにいたら、小腹が空《す》いたので、そこでふと思いついて、初めてそのパン屋に入ってみました。中に入ると、内装は、外側から眺めて勝手に想像していたときの印象よりも、明るくてどこかスカスカした感じを受けました。にもかかわらず店内の面積は、反対に洋菓子屋のときよりもこぢんまりしたような気がしました。私は、パンの上に薄切りの玉葱《たまねぎ》やチーズを載せて焼いてあるのを一枚買いました。それ一つだけを選ぶための割には、かなり迷って、十五分近くかけてしまいましたが、歳《とし》の行った女の店員は、今後ともよろしくお願いしますと丁寧に言いました。私はその様子から、その人はレジの奥のオーヴンが備え付けられた厨房《ちゅうぼう》で、その日のパンを焼く作業はそのときは終えてすでに後片付けを始めていたパン職人のおじさんの、たぶんお母さんだろうと当て推量しました。でその人の、このお店をなんとか軌道にのせなきゃいけないから、アマゾンというネットの本屋さんがありますが、あの会社のトレード・マークみたいな引きつった笑みの口元で必死に客に愛嬌《あいきょう》を振りまいているといった様子が、ちょっと鬱陶《うっとう》しくて逆効果だと、私には思われましたが、同時に、そんなふうに逆効果なのはきっと私に対してくらいのものだから、そのままがんばってほしいと考えてもいました。クリーム色の台紙のポイント・カードをもらったので、財布に入れました。

買ってきたその総菜パンを、入っていたビニール袋を半分ずらしたところで左手で持ち、ネットをしながら部屋でかじっていると、そのパン屋のことが、なにげに評判になっているのが分かってきました。新しくできた「コティディアン」って、美味しくないですか？　美味しいというか、日本のパン屋さん、というより、本格的な感じがしますが。と言っても、本場のパンに詳しいわけじゃありませんが。そうそう、ほんとそうですよね！　私もそう思ってました。ほんとに美味しいですよね。私フランスに何年か住んでいたことがあるんですけど、向こうってやっぱりパンが美味しくて。戻ってきてから、そのことだけずっと残念だったんですよね、それが、「コティディアン」のパンの味って、そのとき味わっていたものとすごく近いんじゃないかなあって思います。おかげで早くも、常連になってしまいました！　あ、私も常連ですよ、もしかしたらお店で会うかもしれませんね！　なるほど、本場にも負けない味なんですね、私は向こうのパンを知ってるわけではないんですけど、あれ、この味はちょっと違うぞ、というのは分かりました。今日伺ったんですが、ご主人は神戸で修業されていたらしいですよ。朝と昼の時間のレジの女性（ご主人のお母様でしょうか？）も、少し関西訛《なま》りですよね。

次の日も「コティディアン」に行って、今度はきのうのような総菜パンではなくて、パンの味そのものが判断できるように、食パンを買うことにしようと、私は決めていました。店のおばあさんが、きのうと同じ笑顔で、また来てくださったんですね、ありがとうございます、と私のことをおぼえていたのが、表情の、顔のしわの出来かたまで含めて、人なつっこい笑顔だと思って、私は、好きになりました。八枚に切ってもらうか六枚に切ってもらうかを、自分の平均的な食べる量が、八枚切り二枚分と八枚切り一枚分のどちらだろうかと考えたら、またしても迷ってしまいましたが、今度はものの一、二分でした。結局、どちらにしたのだったか忘れてしまいましたが、私はどちらかに決めました。

お住まいはご近所ですか？　とおばあさんが私に訊《き》きました。はい、ほんとうにすぐ近くなんです、と答えて、私もまたおばあさんに、アマゾンのマークを意識した形の口元をして、微笑《ほほえ》み返しました。おばあさんが、きのうもらったポイント・カードに、スタンプを追加しました。レジのそばの籐《とう》の籠《かご》に、自由に持って行っていいようにパンの耳が入っていたのを、私はひと袋もらって、店を出て行きました。レジを打つための位置から見えるガラス越しの風景の領域の外に私が消えて行き、すると次の来客までは、しばらく間が空きました。おばあさんが、笑顔を休んで、あくびをしました。

十分以上、誰も来ない時間があったあとで、小さな男の子をつれた女性が入ってきました。男の子が背伸びをして、パンをつかむためのトングを、それが何本も細い金属のハンガーに並んで引っ掛けられているところからひとつ取ろうとして、摑《つか》むなり、床に落としました。レジでおばあさんに歳を尋ねられて、男の子は右手の指を四本にしました。それを見て、おいおいまだ三歳だろう、と女性が言いました。

でも、男の子は、小指を親指で引っ掛けるのに失敗してしまっただけなのでした。自分が三歳なのは、分かっていました。

私はすでにアパートに戻っていて、さっそく食パンを袋から出しており、ひとかけらちぎったばかりのものを口に含んでいました。このときは、きのうのように片手間に食べるのではなくて、味をきちんととらえようと、意識を集中して、顎《あご》をしっかり動かしていましたが、まだ玄関で立っていたので、靴を脱いで落ち着くことにして、それから、パンのかじりかけの残り半分は、トーストにしてみました。カリッとして食感が変わるだけでなくて、味自体が変化しました。それぞれの良さがあり、どちらにしても嚙《か》むほどに、小麦本来の甘みが口の中いっぱいにひろがっていくのを味わえたと感じました。

こうして私は、「コティディアン」は評判通り素敵なパン屋だと、確認できました。

私は、以前の自分が恋人とふたりで美味しいパンと美味しいコーヒーの朝食を毎日食べるという生活に憧《あこが》れていたのを、思い出しました。そのためには、論理的に言って、恋人とパンとコーヒーが必要でした。コーヒーだけはずいぶんと前から、美味しい豆を部屋に絶やさないようにしてありました。美味しい豆が買える店はいくつも知っていました。

私は、恋人を一人作りました。彼が私のアパートの部屋を気に入ってくれれば、一緒に住んで、毎日一緒に朝食を食べようと思って、彼をアパートに呼びました。

ドアを開けると、彼が、玄関を見て、ファーストフードなんかのトレイを一回り大きくした程度の広さしかない、と内心で驚きました。玄関には、手前の右の隅に、私のブーツが寄せてあって、揃《そろ》って立っていました。膝下《ひざした》からふくらはぎの上半分あたりまでを覆《おお》う部分が、ジッパーの開いた状態で、重たげに、別に美しいというわけではない大柄な花びら、という感じで垂れていました。

彼は、彼の家からここまで一時間以上電車に乗って、しかも初めての道中は、なおさら長たらしく感じられるので、少し疲れてしまっていましたが、私に会えるという一点で、なんとか持ちこたえたのでした。彼はこの後、通い慣れるにつれて、たどり着くまでに要する電車の時間の長さや、窓から見る景色の順序を何度も経験するうちに徐々に一つの流れとして把握できるようになりました。それにともない、遠さの感覚が消失していきました。でも、このときはまだそうなる前でした。窓から外の景色を見ながら、彼が、大きなあくびをしました。

海の近くにあるアパートだと言っていたけれど、窓から海が見えるわけではないんだね、と彼が言いました。私は窓から海が見えるなんて一言も言ったことはありませんでした。それに見えないのは、私たちの身体的な能力の限界のせいで見えないというだけでしかないのです。

せっかく来たのだし海まで散歩しよう、と私が誘ったので、彼が付いていくことにして、脱いだばかりの靴を、すぐにまた履きました。先に私が、ブーツとは別の、もっと楽に履けるサンダルを履いて外に出ました。

アパートが面しているのは幅の狭い路地で、それよりは少しだけ広い道路とぶつかる角のうちのひとつが、ゴミ収集場でした。このときはゴミは、とうに朝のうちに回収されていたので、今日の曜日のゴミの種別を間違えて捨てたのが、回収されずに数袋取り残されているだけで、その上に、カラスが袋をつついて中身を散乱させるのを避けるためのネットが打ち広げられていました。そのネットの、私には見慣れている緑色が、彼の目には、鮮やかなものとして映っていました。

ゴミ収集場に沿うように角を曲がって、洋菓子屋が移転していった区画の方に向かいました。その一帯の中を通っていく車道脇《わき》の、そこから一段高くなった歩道を、ものの数分歩いているあいだ、車道と歩道に挟まれている植え込みに、この道の清掃は私たちがボランティアで行っています、という、その団体の名前の付された標識が土に刺してあるのに、彼が目を留めました。

海岸沿いの国道に、すぐに行き当たりました。そのまま横断歩道を渡って、国道の、堤防沿いのほうの側に行きました。

堤防の、むき出しのコンクリートの感触に実際に触れてみたところで、ただごつごつしているという以上のことが特に何かあるわけではないということなら知っているにもかかわらず、彼は、それにときおり触れながら、主に海や、海の音や、ときおり私が話すことの内容に気を取られて歩いていました。そして、私のアパートの部屋がこんなに海のそばにあるのだったら、たとえそこから海が直接見えるのでなくても、常に海の気配とともに暮らすようなものじゃないだろうか、と考えました。私の部屋に対してもう少しで与えてしまいそうになっていた、狭くるしいという判断を、いったんなしにするべきだと思いました。私は、犬の糞《ふん》が落ちているのに寸前で気づいて、それを避けようとしたはずみに、体勢がよろけました。そのときに手を、堤防に強い力で押し付けたので、私の手のひらの、手首に近い部分を中心にした一帯の皮膚が、多少赤くなり、そこにぼこぼこと痕《あと》が残りました。それからしばらくのあいだは、中指や薬指をそこに届くように折り曲げて、指の腹でその感じを確かめながら歩きました。堤防が終わって、海岸に降りることができるようになっているところまで来て、降りてみようか？　と言いました。

今度でいいや、と彼は思いました。

結局、浜辺に降りることになりました。

今度ここに来るときは、途中のどこかのコンビニでビールを買って飲んだりしよう、と言ったとき、私の手のひらのぼこぼこは、いつのまにか均《なら》されていました。

彼が、そうだね今度はそうしよう、と同調しました。

私は、一緒に住みたいと思っていることを伝えるタイミングは、今かもしれないと思いました。今はまだ尚早だとかなんとか、もったいをつけて言わないでいると、結局、後になればなるほど切り出しづらくなって、今更言えなくなってしまった、ということになってしまったらもう手遅れなので、私は、すでにそうなってしまっている未来の私が現在の私を羨望《せんぼう》とともにけしかけているというふうに思うように、努めてみました。

しかし、このまま帰ることになりました。行きのときもそうでしたが、ほんとうにたくさんの、犬をつれた人とすれ違いました。市営プールの隣の公園が、愛犬家たちの集う場所となっていて、芝生や砂場の上で、放された犬たちがじゃれ合っていました。三十台以上はゆうに停めることができるそのプールの駐車場は、今はプールのシーズンではないので閉鎖していて、入り口には、地面に埋め込まれていて必要なときにだけ引き出して車が進入してこられないようにするための金属のポールが、二本、立っていました。スーパーマーケットに寄って、ビールを買いました。

そのあとで「コティディアン」にも寄りました。こんなに夕方の時間に行ったのは、私にとって初めてで、パンはだいぶ売れてしまっていて、陳列棚はさみしい感じになっていましたが、それはもちろん良いことでした。私たちが目当てにしていたバゲットは、残っていました。固くなって、すでに一番良い状態ではないのか、ということが頭をよぎったものの、買いました。厨房はすでに無人になっていました。

アパートに帰ってきて、気持ちがよいので窓を開け放して、ずっとそのままでいると、彼には、さっきまで聞いていた波の音の繰り返しがまだ耳の中で残っているからなのか、今も窓の外から部屋の中に漂い込んできているように感じられ、またそのせいで、さっきも感じかけた、たとえ1Kであってもこれだけ海の近くにある部屋は、空間全体が今あるこの実際の間取り以上の開放感を、可能性みたいな感じで常に孕《はら》んでいる、というような印象が、彼の中で再び輪郭を持ちました。それがすべて思い込みに過ぎなかったということは、だいぶあとになって分かりました。

（でも、あとでそれを彼が分かったと思ったという、それだって勘違いである可能性もあります。彼が感じた、空間の実際以上の広がりは、そのときは本当に存在していて、ただしそれを証明することができないのと、その感じをいつまでも保っていられなかったのとで、それが失われた途端、失われる前までは確かに持っていたということ自体もあやふやになってしまったのかもしれません。または、それをいつまでも保っておくことがどうしてもできないというだけのせいで、半ば強制的に、あれは思い込みだったということにさせられてしまうのかもしれません。それとも、それは何か外の力が強制的にそうしているのではなくて、自分たち自身でかつての自分が持っていた感じに対して確信が持てなくなるために、そんな広がり感なんて思い込みだというふうに、知らずに修正してしまうのかもしれない、とも思います。）

私がちぎったバゲットを、彼が、手ずから食べました。彼が咀嚼《そしゃく》を始めると、実際にはしっかりと、口の中で小麦の甘みが広がっていましたが、これまで彼が食べ慣れていたパンの味と、「コティディアン」のそれはあまりに違うため、というより、彼がパンの味と思っていたもののうち、このパンからはやってこないものがあったので、そのことの違和感というか、物足りなさのほうが、彼にとっての前面にやってきてしまっていて、小麦の甘みにまで意識が届いていませんでした。バゲットのカリカリした表面についている、白い細かい粉が、部屋の床に舞い落ちました。その粒子を浮き上がらせるような光が、そのとき部屋の中に差していたわけではなかったため、私や彼は、それを見ませんでした。

どう？　こんなにおいしいパン屋が家のすぐ近くにできたなんて奇跡だと思うんだけど、と私が言いました。

彼には私の喜びようが理解できていなかっただけでなく、ちょっと異常とさえ思えました。

しかしその後、私のアパートに頻繁に立ち寄って、そのまま泊まったり、何日も逗留《とうりゅう》するようになって、朝食のたびに「コティディアン」のパンを味わううち、彼はようやくこれが美味しいということなのだと分かって来ました。自分の味覚の変容が自分で分かるというのは、スリリングな体験でした。今まで自分がパンの味だと思っていたものの一部が、なにかの薬品みたいな匂《にお》いや味のことだったというのも分かりました。彼がこれまでパンに対して特別な思い入れを持つことがなかったのは、あの部分がどうもピンとこなかったからで、それはつまり自分がパンを好きな人間ではないということなのだろう、あの薬品ぽい部分を好きだということが、パンを好きだということなのだろうと、漠然とながら結論づけていたところがあったのですが、あそこは、本来的にはパンの味ではなかったのでした。薬品ぽい味のパンを食べた子供がパン好きになるわけがないじゃないか、と彼は考えて、パンに対するこれまでの自分の態度がああいったふうであったことは致し方ない、と思うことにしました。

しかし世の中には、あの薬品ぽい部分こそが好きで、それゆえにパン好きである人もいます。

彼が、子供の時から「コティディアン」みたいなパンばかり食べていたのか？　と私に訊きました。

私が、そんなわけない、ヤマザキのダブルソフトみたいのをちゃんと食べていた、と答えました。

次に彼は、それじゃあ、薬品ぽい味がパンの味じゃないってことに気がついたのはいつか？　と私に訊きました。

そんなことは、はじめから分かっていたのじゃないかなあ、気がついた、なんていう感覚の記憶がない、と私が答えました。すると彼が、めずらしいことに、考え込むような様子になりました。

　数日後、私が一人で「コティディアン」を訪れたときに、おばあさんが、彼がこの前一人でこの店にやってきたときのことを私に話しましたが、それは私が知らなかったことでした。その話を聞いたことで、なんとなくなのですが、これだけしょっちゅう家に来ているのだったら、いっそのこと越してきたほうが効率的だし、そのほうが嬉《うれ》しいということを、ついに彼に伝えても大丈夫な時期が来たような気がしました。

　おばあさんは、彼のことを私に、ご主人と言っていいものか、そうでなければどう呼ぶべきかで、少しためらいました。結局、ご一緒の方、と言いました。

　私は、彼が何を買ったのか覚えていますか？　とおばあさんに訊きました。

　その質問に意味や興味が感じられなかったようで、おばあさんは何も言いませんでした。

　彼は、私の要請を聞いて、私が持っている、好きな人と一緒に暮らしたいという望みは、それ自体は普通で、これといって面白いところがあるわけじゃないけれど、私がどうして好きな人と一緒に暮らしたいのかという理由が、好きな人と一緒に美味しいパンと美味しいコーヒーの朝食を食べたいと思っているからだという部分は、けっこう面白くて、いいと思いました。

それからそんなに時をおかずに、彼は実家から出て、私のアパートに移り住みました。契約書的な意味ではなくて気分的な意味で正式に彼にとっても自分の住まいとなったアパートの窓から、彼は身を乗り出して、地面をのぞき込みました。実家の自分の部屋も二階にありましたが、その部屋の地面との距離よりも、この部屋のそれのほうが、より地上から離れている印象がしました。彼は、このときはもはや、海の気配を感じていませんでした。

私は、一般的な感覚で言ったらこの部屋は二人で暮らすには少し手狭かもしれないけれど、自分たち二人の場合はこのくらいのほうがかえって楽しく暮らせるのではないか、と思っていました。このことは、そういうものかもしれないと彼が思うように仕向けようとして、ことあるごとに、彼にも言いました。

そのつど彼は、そうだね、と単純に同調していましたが、実のところは、私の、かえって、という言葉の意図というか理屈を、理解しかねていました。でも、狭さに起因して険悪になるような事態がまだ実際に生じているわけでもない段階で前もって思い煩《わずら》う必要もない、とも思っていました。カーテンなどで仕切りを作るだけで解決することかもしれません。

案の定、一緒に住み始めてひと月を超えたあたりで、どちらから出し始めたとも言えない慢性的な苛立《いらだ》ちが、部屋にただよいだしました。もう少しくらいはもつのではないかと、彼が思っていたのは、見込み違いでした。この部屋は二人で住むのには狭すぎた、物理的にとは言わないが心理的にもうほとんど不可能だ、そもそも最初から無理があった、と口に出して、実はすでに存在していた険悪な雰囲気を、二人のあいだの公式なものにしたのは、私の方でした。彼は実のところ、私がそのように苛立ちことそれ自体よりも、部屋の狭さは問題にならないと自分で言った手前、私が苛立ちをあらわにできずにいて、そのせいで余計フラストレーションをためこみ、かえってやっかいなことになってしまうことのほうを、ずっと恐れていました。つまり、それは杞憂《きゆう》に終わりました。

私との関係が破綻《はたん》寸前にまで及んだときもありましたが、結局それは維持されました。彼にはそれが、意外なことというか、確率の低いことのほうが起きている、というふうに思われました。いつのまにか、この狭さが惹起《じゃっき》する苛立ちを飼い慣らすすべを、お互い身に付けていました。

私は、実際に関係が破綻に至らないでここまできているのは、「コティディアン」のおかげだという部分が少なからずある、と思っていました。実際にそうなのかどうかは、検証のしようがありませんでした。でも、たとえば夜に、二人の間で言い争いがあっても、寝てしまい、朝になれば、たいていむかつきは消えているものだし、そのうえでさらに「コティディアン」のパンを食べれば、なおのこと機嫌がよくなるのでした。関係が悪化しかけたときは、できるだけ「コティディアン」に二人で出向くことを心がけていました。

「コティディアン」は繁盛しているように思えましたが、私たちも、あの素晴らしいパン屋を、微力ながら一購買者として、これからも支え続けたいと思いました。

アパートの前の路地が車道とぶつかる角のうち、ゴミの収集場所となっていないほうの角に沿って曲がると、以前はコンビニエンスストアがありました。そこは、近くのスーパーマーケットが昨年二十四時間営業に切り替えたあおりを受けて、数ヶ月前につぶれていました。今もそこは、誰が見ても閉鎖されたコンビニだと分かる外観のまま、次の借り手が付かずに放置されていました。ガラスの壁は、全面、内側から四辺をガムテープ止めされた模造紙が張り巡らされていました。シートとガラスとのあいだには、数枚、テナント入居者を募集する旨《むね》の告知が掲示され、物件を担当する不動産業者の連絡先となる電話番号が記載されています。このコンビニもよく使っていましたが、もう一つ別のコンビニが、それほど遠くないところにあり、そちらのほうはなぜか傷手《いたで》を受けずに生き残っていました。

彼が私と一緒に住むようになって、気がつくと、もう一年半経っていました。私はこのとき自転車に乗って、スーパーマーケットにカメリヤの強力小麦粉を調達しに出かけていました。彼は、さすがに午前十一時になっていたので寝床にいたわけではありませんでしたが、それにしても、ただごろごろしていました。十一時になってもまだ寝ている動物園のカバの話の絵本があって、それが好きだったことを思い出していました。

でも、そのことを過去形で、かつて好きだった、と言うことはなく、ただ長く読んでいないだけで、彼は今もその絵本が好きであると言っていいはずでした。

窓にはカーテンがかかっていましたが、それは私が、まだ半分眠っている様子の彼が眩《まぶ》しくないように、一応の気遣いを見せて、わざとそのままにしておいたからでした。カーテンは、つい最近、気分を変えようと思って買い換えたばかりのものでした。円と直線が組み合わされたその模様は、私たちにとっては、まだ新鮮な柄でした。線の上を、彼の視線が、あみだくじを辿《たど》るように辿って、カーテンの上から下へと降りていきました。彼は、今日は特にすることがありませんでした。

今朝、私がパンを焼こうとしたら、小麦粉が切れてしまっていました。先月、ホームベーカリーと呼ばれるパンを焼く家電を買いました。一度に最大一斤《きん》半まで焼ける現時点で最新の機種にしました。一キログラムの強力粉の袋は、それで三度もパンを焼けば、空になってしまいました。それでついつい、もう切らしてしまっているのに、この前買ったばかりだからそんなはずがないと思いこんでしまい、なかなかこの感覚を、的確なものに改められないでいました。

私は、だいぶ以前からホームベーカリーを欲しいと思ってはいたのでした。あるとき、小麦価格が上昇し、それにともなって「コティディアン」のパンの値段も上がることになりました。実際にそうなるひと月前に、価格改定の理解を求める告知が、レジ前に出されました。食パン一斤が三十円高くなり、ポイント・カードも、これまではスタンプが二十個たまれば五百円相当の商品と交換可能でしたが、それが三十個に変更になるとのことでした。これによって私は、たっての希望を彼に切り出しやすくなりました。

私がその文章に目をやっていると、おばあさんが、すいませんねえ、申し訳ない話です、と言いました。

私は、ポイント・カードには二十個分の枠しかないですけど、あと十個はどうするんですか？　と尋ねました。

おばあさんは、それは、枠の外ですかねえ、と言いました。

夕方になって帰ってきた彼は、「コティディアン」のバゲットを買ってきていました。ぶらさげていた近くにあるスーパーの袋の中に、ワインも一本入っていました。オリーブ・オイルやチーズも入っていましたが、オリーブ・オイルは家にもありました。彼は、一度「コティディアン」のバゲットを、夜に、ワインと一緒に食べたりしたいと、思っていましたが、それを今夜やろうとふと決めたのでした。

「コティディアン」に今日、パンが値上がりするという告知が出てたけど、と私は言いました。

見たよ、と彼は言いました。

どう思う？　と私は言いました。そして、今後は「コティディアン」のパンをもう少し買い控えざるを得ないのではないか、という自分の見解を伝えました。

彼は、でも、山崎パンだって値上がりするんだから、と言いました。

うん？　それはつまりどういうこと？　と私が言いました。

お米は値上がりしないんでしょ、と彼が言いました。

そうみたいだね、と私が言いました。

でも、だからって、これからは朝はご飯に変えるなんてことできる？　と彼が言いました。

できない、と私は言いました。

そして続けて、いい考えがあるのだ、と言いました。

彼が「コティディアン」のパン自体を買い控えるのではなくて、そのうちの総菜パンだけを買い控えることにしたらいいのではないか、食パンもバゲットも確かに三十円から五十円値上がりしているけれど、それらと総菜パンとの差額は、もとからそれ以上あるのだから、たとえばチーズ・オニオンを買いたくなったら、そのときは代わりにバゲットを買う、ということにすれば、結果的には出費を抑えられる、と言いました。

「コティディアン」のバゲットとワインの組み合わせは合うね、と彼が言いました。もっといろいろな種類のチーズがあっても良かったと、西友で（近くのスーパーというのは、西友でした）カマンベールチーズしか買ってこなかった彼が、少し後悔しました。

私は、ホームベーカリーを買うのがいいと思う、これでもって自分の家でパンを焼けば、焼きたてのおいしいパンが、「コティディアン」で買うのよりは低コストで毎朝食べられる、という主張をくりひろげました。

幾らするの？　と彼が訊きました。

私は、すでに調べは付いていたので、三万円以内、と即答しました。焼きたてだからって美味しいとは限らないのではないか、「コティディアン」のようなパンがホームベーカリーで作れるわけないじゃないかと、彼が言いました。

私は、もちろん「コティディアン」レヴェルのものが作れるわけがないだろうけれども、それでも、焼きたてであるというその一点だけでも、パンの美味しさのための要素としては、実際のところ結構それなりのものだとは思う、いずれにしても、実際にホームベーカリーでパンを作って食べてみなければ分からない、と言いました。

今回のことで値上げを余儀なくされた「コティディアン」の売り上げは、一時的には落ちてしまうだろうけれど、なんとかがんばって欲しいから、これからも、これまで同様にとまで行かずとも、パンを買うという実際の行為でもって応援していきたい、と彼が、ずいぶん静かな、しかしその分、おそろしく真摯《しんし》な様子で言いました。パンは小麦の味がするものだ、ということとさえ知らなかったそれまでの彼が、パンというものに初めて目覚めた、そのまぎれもないきっかけである「コティディアン」は、彼にとって、いまだ特別なまばゆさを持っていました。そしてそのまばゆさは、日々の中で自然と摩滅していく類《たぐい》のものではありませんでした。ただし、「コティディアン」

のパンを日常的に味わうことの中から、今なお彼が実際にそれだけのまばゆさを感じているのかと言えば、そういうわけではありませんでした。日々その味と新鮮に出会い直すことで、まばゆさを衰えさせずに更新し続けるというような生真面目《きまじめ》なことをしていたわけでなく、単に、いちばんはじめに「コティディアン」のパンを口に含んだときの鮮烈さを、検証したりしないでずっと特別なもののままにしてあったのでした。私にとってはと言えば、もうそこまでのものでは、とうになくなっていました。

苦境にある「コティディアン」を応援したいという気持ちに、彼が心からなれているのには、彼がそういうことをただの憐憫《れんびん》だけで思っているのではないということ、というより、「コティディアン」の場合は、ただの憐憫だけでそう思うようにはならないで済むというのが、大いに関係していました。つまり、それは「コティディアン」が素晴らしいパン屋さんだからです。美味しいパンをこれからも食べたいという、ごく当たり前で素直な欲求に、ただ従うままになることの中に、憐憫による働きかけを、すっかり包みこんでしまえて、自分のことを偽善的かもしれないと疑ったりしないで済む、というようなケースは、とても幸福な、珍しいことです。そうした稀少《きしょう》な事態に対して、そのこと自体を保護したいというような気持ちが、彼には、お節介ながらありました。

その翌々日、私は、その日はあいにく大雨が降っていましたが、午前中のうちに量販店に行って、ナショナルのホームベーカリーSD-BM151を、購入してきました。ご自宅まで配送も承りますが、と店員に言われましたが、自分で持って、傘をさしながらの持ち運びだったので多少難儀しましたが、正午前には帰ってきて、いてもたってもいられなくなり、しかしはじめは冒険をせずいちばんノーマルな、食パンのレシピに、それでもわくわくして取りかかり、焼き上がったものをひとつまみ口に含むと、ほかほかしていました。彼が帰ってきたときには、焼きたてではなくなっていましたが、焼きたてであればあるほどよい、ということでは必ずしもありませんでした。はじめに私が、何一つ註釈《ちゅうしゃく》を入れずに、はい、とだけ言って、ちぎっていた欠片《かけら》を彼の口に入れました。何度か咀嚼しているうちに、彼は事情をすべて理解したようでした。

私は、美味しいでしょう？　と言いました。

でも「コティディアン」のほうがやっぱり美味しいと思う、と彼が言いました。それはそうでした。でも、問題は、その味の差が、自分にとって重要なものと思えるかどうか、ということでした。というより、たとえ今の自分がその差を重要と思っていても、未来の自分があんまりそう思わなくなるように、自分にちょっとした変容を施すことができるか、ということでした。このホームベーカリーがあるなら、私はその変容を自分に課すことができると、確信していました。少なくとも、このときは、です。

彼は、そもそもそんなふうな考え方自体をしていませんでした。私たちは取り決めて、これからも週に一日だけは「コティディアン」でパンを買う、ということになりました。

私は、週に五回はパンを焼きました。一番はじめは、ビギナーズ・ラック、というやつなのか、とてもうまく行って、その後一、二回、ちょっと悲惨なくらいの味になってしまいましたが、次第に勝手が分かってきて、そのうち蜂蜜《はちみつ》を入れたり、ヨーグルトを入れたり、レーズンや胡桃《くるみ》や薩摩芋《さつまいも》を入れたり、試してみました。メロンパンも作れるというのが、せっかくの宣伝文句なので、それにも一度挑戦してみようとは思っていましたが、レシピを見てみると、他のパンと比べてちょっと面倒だったので、まだやってみていませんでした。

週に一度、二人で「コティディアン」に行くとき、気の小さいところのある私は、私たちの来店するペースがあからさまに激減したのが、なんとなく気まずくなってしまうのでしたが、おばあさんの笑顔が相変わらずだったので、救われるような気持ちに、その都度なりました。内心おばあさんがどう思っているのかなどということが、まったく読み取れない笑顔でした。

実は、彼のほうは、この期間にも、週に何度か、私に知られずに一人で「コティディアン」に行っていました。前から興味があったけれども、私が関心を寄せないのでずっと買えずにいたラスクを買ったり、ソーセージやコロッケの総菜パンを買ったりしていました。たいてい、屋外で食べていました。公園で大人の男が一人でもそもそとパンを食べていると、なんとなく不審者と見られているような、うしろめたい感じがしてきて、美味しいものも美味しくなくなってしまいました。彼はそのうち、そういうときには海岸に出向くようになりました。少し沖のあたりをタンカーがよく通りかかるのに、数日続けて立ち寄っていたら気付き、あそこが航路になっているのだろうか、と考えました。

あるとき、手にしていたコロッケパンが、トンビに目を付けられました。トンビは、勘づかれないように彼の後方から飛んできて、それを見事に掠《かす》め取りました。トンビの爪《つめ》が、彼の手の甲に軽く触れて、彼は、切り口の鈍くて、しかし長い引《ひ》っ掻《か》き傷を負いました。

彼が傷の痛みと、手の甲の情けなくなってしまった見た目に気を取られて消沈しているうちに、トンビは、早ばやとコロッケパンを食べ終えたのか、それとも海の中にでも落としてしまったのか、今や気流を拾って上昇していました。それよりも遥《はる》かに上空を飛んでいるジェット機から、タンカーが海面に付けた航跡が見下ろせました。その航跡の形状が、彼の手の甲に今できたばかりの傷と、似通っています。彼は、この傷を私にどう説明すればいいのか、しばらく頭を絞りました。そして、妙に手の込んだ経緯を考えても、かえって嘘《うそ》くさいと思って、結局、そんなに奇をてらったりしないことにして、私に訊かれたら、どこかを歩いていたとき壁の角に引っ掛けたとでも言おうと決めました。

しかし、その傷について私から何か言われることはありませんでした。パンをどう焼くかということや、どんなパンを焼くかということや、カメリヤよりも上等な小麦粉、たとえばスーパーカメリヤや、ほかにもスーパーキングとか、はるゆたかというのや、いろいろあるのですが、それらにいつ手を染めるべきか、ということで頭がいっぱいになっていて、私は傷に気がつきませんでした。

その傷は今は、だいぶ塞《ふさ》がりつつありましたが、まだ目に見えて残る形が、くっきりとはしていました。彼が、傷のラインを、反対側の手の指で辿っていました。そのときいきなり、玄関のドアを開けようとする物音がしましたが、ドアには鍵《かぎ》がかけられていたようでした。それは、小麦粉を買いに出かけるときに、私が鍵を外からかけていったのでした。少しして、もう一度同じ物音がしたので、彼が、立ち上がって玄関に行き、覗《のぞ》き孔《あな》から見てみると、私が、小麦粉と、ついでに買ったスキムミルクとでずっしりとした西友の袋を持って、立っていました。自分で鍵をかけたのを、忘れてしまっていたのでした。それだけでなく、彼がドアを開けて、私が、中に入ったとき、カーテンがまだ閉め切られているのを見て、それも自分がやったことだったというのを一瞬忘れて、思わず、彼に何か言いそうになりました。

おそらくそう遠くない将来、私のこのパン作りの熱は冷めて、焼くペースが週に二回か、もしくは二回に落ちるだろう、そうすれば再び「コティディアン」で、私たちは、今よりはずっと多くパンを買うようになるだろうと、なにより私自身が予測していました。ホームベーカリーのパンと「コティディアン」のパンとの、頻度のちょうどいい比率が、これから自然と定まっていくと、思われました。

こうして「コティディアン」は、世界的な小麦の高騰《こうとう》に、さほどの打撃を受けることなく済みました。もちろん、私たちの購買の影響など些細《ささい》なことでした。「コティディアン」の愛好者は私たちだけではないし、また値上がりによる売り上げの落ち込みというのは、えてしてごく一時的なもので、安さだけが取り柄、というような商売をしているわけでなければ、きちんとした品質というものは、やがてまた、ちゃんと盛り返していくものです。

とは言え、もちろんこれは、楽観的な方のケースです。私は、「コティディアン」の場所にかつてあった洋菓子屋のシュークリームは、今幾らになっているのだろうかと、思いました。

ショッピングモールで過ごせなかった休日

日曜日のこと。起きがけで判断能力がおぼろげなうちに、アパートの呼び出しチャイムがふいにピンポーンと鳴ったものだから、うっかり玄関までスタスタ出向いていって、そのままドアを開けてしまった。

目の前に立っているのは背のひくい、青白い顔の見知らぬ男で、彼のことを僕はぱっと見たところ二十五歳になっているかどうか、といったふうに思ったのだったが、この見立てについては、僕はこのほんの数秒後にガラッと変えることになって、つまり、きっとこいつほんとは三十歳に近いか、もしかすると三十を超えているのだが、その実年齢よりもずっと若くみえる、そうしたわりとよくあるタイプの一人にちがいない、というふうにこの男のことを見なすようになるのだった。

彼からはありありと、まさかこんなにあっさりドアが開くとは、と狼狽《ろうばい》してる様子が見てとれてしまうのだったが、それではマズいと思い直したのか、あわてて、そしておもいきり、そのときに浮かんでいた表情を彼は一掃し、それからいきなりかしこまった感じになって、「お休みのところ、朝早くに失礼します。わたしは、フジワラケントと申します。お時間少々よろしいでしょうか？」と予想外に高音の、はきはきした口調で言い、それからぺこりと僕に一礼してみせた。朝早く、だなんて言うけれど時刻はとうに十一時を過ぎている。でもきっと、眠気がべっとり張り付いている僕の顔を目《ま》の当たりにして、この際そのように言うのが礼儀だとフジワラくんは心得たのだろう。気持ちよく晴れ渡った空が、フジワラくんの背後でのっぺりとのぞいている。

僕がぼんやりと寝ぼけている様子だったから、それを見てここは一気呵成《いっきかせい》に攻め上がってしまうのが得策というものではなかろうか、という心づもりがこのときのフジワラくんには生まれたにちがいない。「そういうわけでよろしくお願いします」ともう一度ぺこりとお辞儀をすると、僕のことをしっかり見つめているような、いやそういうわけでもないような、どちらなのかが果てしなく微妙な目つきのまま、彼は以下のようなことを訥々《とつとつ》と話し始め、そういうわけでってどういうわけでだよ、だなんてツッコミを許す余地を僕に与えはしなかったのだった。

「えー、まずはじめに二つ三つほど、弁解がましいことを言わせてください。でも、できるだけ手短に言おうと思いますので、はい。まずは、ひとつめですが、僕は、これはなにかの販売であるとか勧誘といった目的で行うようなものでは決してありません。これは、ほんとうですので信じてください。そこは安心してほしいなと心から思う次第です。それから、ふたつめですが、僕は今こうしてここに来させていただいてますが、これが終わりましたら、僕は二度とここに来たりはしません。そういうしつこいことは絶対にしませんので、それははっきり、ここで誓っておきたいなと思います。そして、最後にみっつめですが、これはお時間についてですが、どんなに長くなったとしても、五分以上のお時間を取らせることは絶対にありません。必ず、それ以内に今からやらせていただきたいと思っていることは終わりますので、そして終わったら、そそくさと失礼しますので、それについても、はっきりお約束したいと思います。というわけで、はじめに申し上げておきたいことというのは、以上です。あ、でももしかしたら、こんな言い訳がましいことをこのチビいちいち言いやがって、ということで、かえって怪しくお思いになっているかもしれませんが、しかし、もしそうだとしましても、こういう僕みたいなやつのことを不審がるのは非常にもっともなことだと思いますし、ただ僕としては、怪しまれて門前払いにされてしまうといういちばん残念な事態を、できるだけ避けたいという一心から、今、お話ししているというだけなので、ですから、これはもしもお望みでしたら、どうぞ僕のことを、たとえばお持ちのビデオや携帯なんかで、動画などで撮っていただいて構わないですし、そしてそれを、何かあったときのための証拠としていただいて、構いませんし、それをインターネットにアップロードするという形をとっていただいても、構いません」

「撮ってもらって構いませんとか言ってるけど」と僕は言う。「ほんとのところは、撮ってほしい、っていう積極的な気持ち、あるんでしょ？」

「いやいや、けっしてそんなわけでは」と否認してみせるフジワラくんは、結局のところ、撮られるのはまんざらでもないのだ。僕が動画撮影モードにセットした自分の携帯電話を彼に向け「スタンバイできたけど」と言うと、フジワラくんの目は突然、それまでと打って変わって睨《にら》み付けるような目、どこか餓《かつ》えた風を演じる目になる。

「じゃあ撮るよ」と僕が録画を開始したことが、ピッ、という音によって彼にも伝わる。声になったかならぬか、というようにぼそっと「じゃあ行きます」と口を動かしたフジワラくんは、睨み付けはそのままに、おもむろに肩や首のあたりを起点にして、上体を縦に揺らし始めた。僕は彼が一体何をやり始めたのか、さっぱりわからなかったが、やがてその揺れがある種のビートに由来しているようだということが理解できてきた。フジワラくんは、体内を流れるビートを今、一身に感じているのだ。それはどうやら軽快なタイプのものではないようだ、どちらかといえばねっとりとしたディープな感じ、きっとブレークビーツの類《たぐ》い。
そしてフジワラくんは歌を、というかラップを始めた。さっきまでの、ときどき掠《かす》れることまであった高い声が嘘《うそ》のような、野太い声で――

Yeah
突然の訪問にもかかわらず　締め出しも疎《うと》んじもせず
門前払いも無視もせず
俺の言葉を聞いてくれるなんてなんたる僥倖《ぎょうこう》
普通ありえねえこんなこと　このご時世
インターホン越しに聞いてくれるだけで御の字ってもの
それがこうしてドアまで開けてくれて
このオープンマインド　もはや宗教の開祖レベル
なにより俺の言葉を信じてくれたという
これは勧誘じゃないっていう俺のエクスキューズを
いくら感謝してもしきれねえってもの

だから信じられるぜ俺は性善説
でも本当なんだぜ　俺が言ったこと
ただそれを言葉だけで証明する手立てが存在しねえという
実際に俺が勧誘をしねえという
その事後的な事実でしか証明できねえという
だからその証明のために聞いてほしい
俺は俺が今やってるこのフリースタイル
これが終わった時点においても
なんら勧誘はしていねえだろう
それを証明してみせる　立証してみせる
そのためにやり遂げてみせるこのパフォーマンス
でもそれだけが目的だとしたら
それだけじゃバカらしい　それはあんまりすぎる話
そもそもこんなことやらなきゃいいって話になっちまう
それは俺も重々承知
このパフォーマンスを今俺がどうしてやっているのか

その真の目的が何か
勧誘が目的じゃねえと俺が言うなら
それが何か俺が言わねえのは画竜点睛《がりょうてんせい》を欠く
だから言うぜ　俺は何のためにこれをやってるか
はっきり言うぜ　俺は俺のためにこれをやってる
ただそれだけだこれマジで
いわばこれは俺の修養ってわけで
俺にはそれが必要　すなわち修養を積むことが
言っとくがラップの修養じゃないぜ
ラップなんて俺にはどうでもいい
ていうか俺のラップがどうでもいい
クソみたいなもの　それを俺は重々承知
俺が言ってるのは人生　これは人生の修養
それが俺には必要そして不可欠
ラップはそのためのツール　すなわち修養を積むためのの
つまりこういうこと　俺のこのファッキンなラップ

いきなり聞かされて人は　こう思うのが普通
おいおいちょっと待ってくれ　何者だこいつ一体
そしてこのラップはどういうことだ
聞くに堪えねえとはまさにこのこと
しかもあのルックス　まったくサマになってねえ
どこからどこまでハズしまくり
しかもこれ摩訶《まか》不思議なことに
ハズしてるっていうこの感覚　どうしたわけか
ラップとかよく知らねえご年配の人でも
わかっちゃったりするから怖《こえ》え
ラップとかやるタマじゃねえ　柄じゃねえ
それなのに無理しちゃっててなんかイテえ
そういう感じはわかっちまう　油断できねえ
穴があったら入りてえ
どうしてわかる　俺はわからねえのに
どうしたらわかる　教えてくれ誰か

終了したことを察した僕は、録画停止ボタンを押す。フジワラくんが「終わりです。ありがとうございました」と言ったとき、その声は元の甲高いものに戻っていた。ずいぶんと深々した一礼をし終わると、フジワラくんはフーッと、心からの安堵《あんど》に満ちていることが傍《はた》からもあきらかにわかるため息をついた。そのホッとしているところに水を差すようにして僕が「いまの録画時間、五分を若干過ぎたけど」と言うと、フジワラくんは「あ、すみません」と恐縮のそぶりをいちおう見せはしたものの、その実ほとんど意に介してなんかいなくて、それはきっと今し方までのラップ・セードが体内に残っているせいでもあるのだろう。

「これってきみが自主的にやってるわけ？　それともこういうことをやりなさいっていうことをどこかから指導してもらってるの？」と気になっていたことを尋ねてみると、フジワラくんから返ってきたのは「あ、基本的にこれはですね、指導してくれている人がいるんですよ」との答え。「いまは僕を入れて、えっと、何人いるのかな、正確には分かりませんけれど、僕の知る限りで言うと、十数人というところですかね、生徒というべきなのか弟子というべきなのか、そういった僕らに指導してくれるリーダーがいるんです。指導と言ってもあれですよ、リーダーはラップの技術的な指導なんて、そんな小手先は教えないんですよ。リーダーの指導の根幹にあることを一言でいうなら、大事なのは要するにココ、ということですよね結局」と言ってフジワラくんは、拳《こぶし》の形にした自分の右手でどんどん、と自分の左胸を叩《たた》いている。

「なんでもリーダーは」とフジワラくんは続ける。「元々はストリートの世界でも相当な人物だったらしくて、いや、僕たちは全然そのあたりのことについて直接は知らないんですけどね、そういう噂《うわさ》がもっぱらだっていうことなんですよ、いわゆるレジエンドってやつですよね。ほんの三年くらい前まで、バリバリだったみたいです。でも、これはリーダー本人が使っていた言葉をほぼまるまる受け売りって感じで使いますけど、リーダーはストリートで自分がパフォーマンスするっていうことから、ストリートに来る手前でたたずむやつらに自分が何をできるか、ということに関心がだんだんシフトしていったらしいんです。それで立ち上げたのがあの〈アウト・オブ・ストリート〉という小さなムーブメントなんですよ、ってお聞きになったことないですかこの名前？　あ、ないですか、そうですか、僕はもうかれこれ一年以上前のことになりますけどね、当時、自分がいまのままじゃいけないな、という問題意識だけはあったんですよ、けれども具体的にどうしたらいいかがわからなくて、悶々《もんもん》とした、鬱々《うつうつ》とした思いをどうしようもなく抱えたまま、ひたすらネットを彷徨《ほうこう》するだけ、といった、生きる歓《よろこ》びから果てしなく隔離されたような日々を過ごしていたんですよね、うやって映像で見直している、という行為そのものがすでに不毛さを孕《はら》んでいるから、げんなり感はいきおい漸増《ぜんぞう》していく。僕はベッドから起き上がることができなくなっていき、このしょうもないラップの記録映像をふたたび、みたび、四たびと繰り返し見てしまい、こうしてさっきまでは単に危惧であったものは、いよいよ現実味を帯びていく。

そのうち、これはちょっとおもしろいぞ、という変化——だからといって僕の気分がそれによって楽しくなるわけじゃないけど——が自分に起こった。さっきまで、映像で見るフジワラくんに対する否定的で冷淡な思いばかり抱きながらベッドの上にずしりと身を横たえていたはずだったのに、いつのまにか映像に記録されたフジワラくんを見ることは、彼には擁護してあげるべき点だってある、みたいな思いを僕に呼び起こすことを促すようになっている。今となっては映像で見るフジワラくんのパフォーマンスの痛々しさは、僕の涙腺《るいせん》からポロッと涙を一しずくか二しずくくらい絞り出す効果を持つか持たないかといった微妙なラインまで攻め込んできている。

彼の披露してくれているラップの、どうにもこうにも無理めであることは、しかしある意味で、もっともなことなのであって、なぜならこれは、いかにも無理があるということをあえてやってみろ、そして恥をかき、そこから何かを獲得しろ、獲得すべき物とはたとえば、その恥辱に塗《まみ》れながらも塗れている様子など微塵《みじん》も見せはしない、というその態度である、といったような〈アウト・オブ・ストリート〉なる眉唾《まゆつば》モノの組織の、リーダーと呼ばれてるらしい輩《やから》からの指示に忠実に従って遂行された結果に他ならないのであり、もしこれがサマになってしまっていたら、逆に意味がない、ということにはなるだろう。

このままインターネットとつながって、その気になって検索してみれば、このフジワラくんのラップと同類みたいな映像がいくつか——もしかするといくつも、下手すると無数に——上がっているのを見つけることはたぶん全然簡単だろう。男も女も、老いも若きも、いろんな人がその人なりのカメラの眺め付け方で、その人なりのラップを、そしてそこからにじみ出てくるどうしようもない痛々しさを、一生懸命披露している映像たちを、視聴したい放題視聴できる。それを見ることだけで貴重な休みの一日をあえなくグシャッとつぶすことだってできる。

さて、試しにそのうちのいくつかをここで、無作為抽出的に見てみることに、仮にする。すると、それらはどれも基本的には似たり寄ったりの構造を持っていることがわかってくるだろう。つまり、まずはこのパフォーマンスに立ち会うことを許可してくれた動画の撮影者への感謝から始まり、ついで自分自身をディスリスペクトする調子の多かれ少なかれ含まれた自分語りが、世の中への不平不満もときおり織り交ぜられつつ続き、しかしそれでも最後には、今の自分を変えてみせるという決意のようなもの、ときにはこの世の中も変えてみせるという威勢のいい宣言でもって、ポジティブな調子のうちにフィニッシュ、という基本構造。これは〈アウト・オブ・ストリート〉のリーダーが、ラップってそういうふうに作るといいよと教えてて、みんな従順にその言いつけを守ってる、という図式ゆえの帰結なのか？　あるいは、別にそんな野暮なこと教えてるわけでもなんでもないのだけど、めいめいが思いのままにやっていくと、おのずとそうなっていくからある意味不思議、といったような事態が起こっているのか？

　手元にあるこの、撮りたてのフジワラくんの動画をアップロードするかどうか？　という問題も当然僕には生じてくるけれども、少なくとも現時点で僕にはそれをやるのはなんとなくためらわれるのだった。フジワラくん自身、ほんとはアップロードしてもらいたいクチなんだというのは確かに分かっているのだけれども、それでも僕の気持ちとして、彼の意思を尊重して、という意味合いでアップロードをすることは、たぶんどうにも難しい。アップロードするとしたら、そのときの僕はおそらく、フジワラくんのことを見せしめにしてやろう、という彼に対する悪意に突き動かされたらえでの表現、という形でしかそれを行えないんじゃないかという気がしてならないのだ。そして、フジワラくんに対してこれといった悪意を抱きたいと思っているわけでは毛頭ない以上、手元の動画をアップロードするのは、なんだか気がひけてしまうというわけである。もっともフジワラくんにしてみれば、それが悪意によってであろうがちっとも構わないから、とにかくこの動画をアップロードしていただきたい、そしてこの恥ずかしい映像が潜在的に衆目に晒《さら》され得る状態に置かれることで、尊厳をメッタメタにないがしろにされるという、フジワラくん自身がラップの中で使っていた言葉を借りれば「修養」、を積む契機を得たい、なぜならそんなふうな、恥ずかしくて死んでしまいたくなるような修養をとにかく積みまくったその挙げ句に、次のステージがきっと待っているから、みたいな気持ちなんだろうけれども、それでも僕は、自分が感じる躊躇《ちゅうちょ》を軽んじることは、やっぱりできない。自分がベッドの安易な柔らかさの中にズブズブっとはまりこんでしまっているのが、自分でもよくわかる。

僕はふと、この手の躊躇はなにも自分だけが感じるものというわけではあるまい、ということに気がつく。ということは、アップロードされることのないまま、おそらく永久に日の目を見るに至らないであろう〈アウト・オブ・ストリート〉パフォーマンスの記録動画データというのも数多く、それこそ無数に存在するに違いないと思えてならなくなる。アップされた動画と、されないままの動画の数量の比率や如何《いか》に？もしかしたら氷山の一角と、水面下の巨大な塊くらいの差があるやもしれない。さらに言えば、故意にもしくは不慮のうちに消去され、この世界から永久に失われてしまった動画データというのだってあるはずで、そこまで勘定に入れてしまうと、この国にはさっきのフジワラくんみたいのがいったい何人徘徊《はいかい》しているのか、その天文学的感覚にくらくらしてくる。

と、こんなふうに僕の頭の中をめぐる考え事は、ぱっと見スケールが広大になっていっているようだけど、はたしてほんとにそうだと言えるのかどうかはきわめて微妙、というのは自分でも重々わかっている。そしてこの時点でこの日曜日の僕の過ごし方が、外向きな感じのものになる可能性は完全に潰《つい》えていた。空模様にしても、灰色の度数が少し前から急激に濃くなっていたけれど、僕はもうそんなことにお構いできない状態になってしまっている。

やがて空の上から水滴がポッリ、ポツリとはじまったかと思うと、雨脚はそのまま、またたくまに強まっていく。あたりがすっかり薄暗くなり、今がまだ昼過ぎなんだ、とはちょっと信じがたくなる。

横浜のみなとみらいの一帯を傘さして行き交う人々は、地面の水を撥《は》ねかして足下が汚れ、そうでなくても自然に水分がじわじわと靴の底や脇《わき》の、縫製の甘い隙間《すきま》から浸入してくるのは避けられないから、すぐにそんなこと構っていられなくなる。最初のうちは皮膚や身体《からだ》の末端の部分、耳や足の先だとかがむずむずするのを感じたり、足の指を五本とも無性にごにょごにょ動かしたくなったりしていたけれど、そういう繊細な不快感はすぐに、圧倒的なびしょびしょによって押し流され、雲散霧消していった。空に立ちこめている雲の色味が、新しいビルが多く建ち並ぶこのあたり全体が今現在帯びているくすんだ感じに対して、かなり大きな影響力を行使している。それでビルの外壁は色だけではなく素材感まで、どこか雲に似て見えるのだ。

このあたりでひときわ高い七十階建ての超高層ビル、その名も横浜ランドマークタワーは、上層階の部分が雨雲の中に突っ込んでいて現在のところ見えない。そのせいでなんだか崇高なものに見えているし、かつ、それとはまるきり正反対な、どことなく邪悪なオーラを帯びたものとも見える。とにかく、多くの人びとはこの激しい雨の中にもかかわらず、その光景につい目を留め、しばし目を奪われる。そして、なんかこういうちょっと超越的っぽいものに触れる経験って最近あんまりしてなかったかも、ていうかこういう感じを味わったのっていつ以来のことだろう、みたいに結構感動していたりする。中には、実際に目にしている光景からその人の想像力が勝手に走り出し、生み出された妄想とそれが投影されている実際の光景の有り様とに区別がつけられずにたいへんなことになっている人もいる。雲の中から巨大な腕が何の前触れもなくにょきにょき、ぐいぐいっと伸びてきたかと思うと、その腕はみなとみらい21地区と呼ばれるこのウォーターフロント再開発地区一帯を、拳でしらみつぶしに叩きつけたり、ビルというビルを片っ端から握りしめてそれらをあたかも芋や葱《ねぎ》でもあるかのようにひょいひょい引っこ抜いていく。抜くのに釣られて地表のアスファルトがめくれあがって、その下の層の土が飛沫《しぶき》のように跳び上がってまき散らされる。そんな所業をすることに腕はなんの躊躇《ためら》いも持っていないようだし、だいいちどうしてそんなことが今行われているのか、その意味も理由もまるで不明。そして最後の最後までとっておいたランドマークタワーを、巨大な腕はついに餌食《えじき》にした。

この忌《い》まわしい妄想に襲われていた張本人は、傘をさしたままの格好で可能なかぎり頭を激しく左右や前後に振ってこれを追い払おうと必死になりながら、ふらふらとどこかへ行って見えなくなる。桜木町駅の構内、改札口近辺の屋根付きエリアではたくさんの人が雨宿りしている。あたりの床面は雨が直接打ち付けているわけではないにもかかわらずびしょびしょで、通行人をつるっとすべらせてやろうと待ち構えている。年の頃は十二歳か十三歳といったところの少年が、その床にスニーカーの底をきゆっ、きゅっとこすりつけながら、ランドマークタワーのなんだか宗教画みたいなその威容を眺めている。彼はここ桜木町駅の改札で、同じクラスの女の子と待ち合わせしているところ。今日のデート相手――これはたぶんデートなんだと少年としては思っているのだが――が遅れているのはこの天気のせいかもしれないから、こちらから電話やメールをするのを少年は、今のところは我慢している。彼が着ている白い厚手のフードパーカーは、見るからに下ろし立てで、背中には、単純で思い切りのよい黒い線で描かれた、ドローイングというのかグラフィティというのかカリグラフィというのか、文字のようで文字でない形状が大きくプリントされている。少年はパーカーの袖口《そでぐち》を手のひらが半分すっぽり覆《おお》われるくらいまで引っ張りおろしていて、それをときどき鼻先に近づけて、真新しい布の匂《にお》いがそこから漂ってるのを嗅《か》ぎながら、彼女が来るのを待っている。

彼がどれだけ待たされることになるか分からないけれど、いずれお目当ての子はやってくる。そしたら二人は、ランドマークプラザなる名称のショッピングモールに向かう、動く歩道に乗るだろう。二人は動く歩道の左側のレーンに寄って、前後に並ぶ。その右脇は足早に通り過ぎたい人たちのためのレーンで、だから、空けておかないといけない。そんな無粋な人たちがスタスタと行くなか、二人は他愛ないおしゃべりに興じつつも、どこか頭の片隅で、自分たちはこの先どこかで手をつないだりするんだろうか、とか、もしかして今日は二人で観覧車に乗ろうか？　みたいな流れになるかもしれない、そしてゴンドラの中で二人きり、というシチュエーションにいざなわれ、初めてのキスを交わしたりすることだってあり得ないことじゃない、みたいな予想をひそかに立てている。けれどもさすがにこの雨では、観覧車に乗るという流れになるのはなかなか難しいだろう。まあ、それでも別に構わない。

動く歩道の進行方向の右手に、展示保存された帆船の姿がみえる。引退した帆船が雨ざらしになっている光景に、彼らくらいの年頃のコたちも胸を痛めたりするのかどうか、僕にはちょっと分からない。この思春期のふたり、まったく微笑《ほほえ》ましいものだ。ショッピングモールで特に何を買うというわけでもないんだろう。動く歩道の終点が来て、そこからモールの中に歩いて入っていく。入口のすぐそばのところにジェラート屋がある。そこに寄るのは二人にとって、必須《ひっす》のことにちがいない。モール内のどこか片隅に並んで腰を下ろしながら、互いの頼んだジェラートをつつきあったりする。そんなことができれば、彼らはもうじゅうぶんだろう。それにひきかえ僕はといえば、やっぱり今日はもう、どこにも出かけられそうにない。今話題のスポット、的なキラキラした存在だった時期などとうに過ぎたショッピングモールに行きたくて行きたくてたまらない、なんてわけじゃないけど、どこにも行かないよりはずっとまし、という気がする。そんな場所にでさえ、今日の僕は出かけられなかったのだ。それをこの雨のせいにすることは、できるようでできない。それが言い訳に過ぎないということを自覚しないなんてのんきな芸当は、どうしたって僕には無理だから。

ブレックファスト

妻のありさは飛行機で東京にむかっているところだった、でも、彼女からはなにも言ってこないでいたから、ぼくはそれを知らないのだ、彼女が東京にくるいちばんの目的は、一年以上も会っていないぼくと会って、話をすることだったのにもかかわらず。ありさはこうおもっていたのだ、ぼくに連絡するのは東京についてからで遅くない、たとえその日どんな予定が入っていたって、ぼくならきっとそれをぜんぶあとまわしにしてでも彼女に会おうと取りはからうにきまっている。けれどもそれは、そのとおりだった、実際ぼくは真夜中をすぎてから、ありさに会うために、彼女の泊まるホテルがある新宿まで行ったのだった。そんなの、まるでいいようにふりまわされているようで癪《しゃく》だと、ぼくはおもわないのだろうか？　でも、ありさが東京に滞在するのはたった十七時間のことだった、つぎの日の正午すぎにはふたたび飛行機に乗るというのだから、そうするよりほかの手立てなんてなかったのだ。

ありさの乗っている飛行機は、もうずっとまえから降下態勢にはいっていた。高度がみるみる下がっているのが、ありさにはみてとれた、翼に近い窓のそばの席にいて、そこからずっと外を覗《のぞ》き込んでいたから。外の光は薄暮だった。そう、東京はこのとき、もうすぐ夜になるところだったのだ、ぼくはそのときは地下鉄のなかで、そのうえ居眠りしている最中で、だからその光、東京にいて外光をうつくしいとかんじることはなかなかないけれども、その日のはそうかんじることのできるめずらしい光だった、それなのに、もったいないことにそれにぼくは出会いそこねたのだけれども。ありさの眼下に、淡い紫色の雲が、限られた濃淡の範囲をせいいっぱい使いきりながら、いちめんに、上からみるかぎりは起伏をほとんどもたない、おどろくほど平坦《へいたん》な形で敷き詰められている。それがおおっているせいで、地上はまったくみえなくて、だからそれをいいことにありさは、いつもの彼女がかんがえていることが、それによって裏付けられたようにおもうのだった、彼女のかんがえというのはこうだ、やっぱりそうだ、東京なんてもう存在しないんだ、たとえあの雲がいまいっせいに晴れたとしても、そのしたには東京なんてないのだ。そういうふうな考えかたをすることが、すっかり、ありさの考えかたのくせになっていたのだ、あるときふいに、福島から二百五十キロしか離れていないこの街でわたしはもうなにくわぬ顔をして暮らしつづけることなんてできない、そういうことができるようにみえるし実際にいまもそうやってここで暮らしてるたくさんのひとたちのなかに巻きこまれて暮らすなんてことはわたしにはできない、そんなことをこのままつづけていたらわたしは、身体《からだ》に支障をきたすよりさきに頭のほうがどうにかなってしまう、とありさはぼくに言ったのだった、それからほどなくして彼女は東京を出るといって、ほんとうに出ていって、それによってぼくとの結婚生活だって事実上ほごにした。ありさのなかでは、いま、東京はもう存在していない街、ということになっていたのだ、でもそれは、愛着をもって暮らしていたことだってある東京、もし何も起こらなければいまだってふつうに暮らしつづけているはずの東京のことを、もう暮らすことのできない場所だなんていうふうに考えなければいけなくなったのは、ありさにとってだってつらいことだったからなのだ、だから彼女のなかで考えかたの転換操作がなかばしらぬまに、しかしなかば意識的でもあるしかたで、おこなわれていたのだ、東京という街じたいがもう存在していない、ということにさりげなくすり替える、という操作が。あるいは、ありさはこういう操作もしていた、街が形骸《けいがい》としては存在しているとしてもそこにいるのはもうゾンビだけなのだ、というふうにおもうことにするという操作。

　だから、こうして実際に東京が近づいてきて、ありさはどきどきしてこないわけにはいかなかった。これからまもなくするとはじまることはありさにとって、ありさだけにとってなのだが、かなりヘンなことだった、だって、ありさはありさにとって存在していない街にやってきて、そこに滞在するのだから、たった十七時間のこととはいえ。そして、存在していないはずの都市のなかを、しかしひとびとがごくあたりまえのこととしていき交っている、その現実をこれでもかというくらいいまのあたりにすることになるのだから。ありさがどきどきしているのは、それがわかっているからなのだ。それだけまのあたりにしても、彼女はかれらのことをゾンビだとみなしつづけるのだろうか？　いや、「かれら」なんて言い方じゃだめだ、そうではなくて「ぼくたち」というべきだ、ありさは、ぼくたちのことをゾンビであるというふうに認識することを、ふたたび東京をはなれる十七時間後まで維持できるんだろうか、それだけの頑《かたく》なさ、なにをみようがなにを感じようが認識をかえはしないという意志の力が、意固地になるあつかましさが、ありさにはあるんだろうか？　ありさはきっと、自分にはぜったいにそれがある、とおもっているだろう、それはそんなにたいへんじゃないことのはずだ、たった十七時間のあいだ、もちこたえればいいだけなのだから。もしもぼくが、彼女がいま東京にむかっているところなのだといま知っていたら、そして東京のひとびとのことをゾンビとしてみているのだとわかっていたら、ぼくにはこういう疑問がしぜんと湧《わ》いただろう、ありさにとってはやっぱりこのぼくもゾンビのひとりなんだろうか？　でも、ぼくのことを彼女が例外にするとはおもえなかった、だから、やっぱりぼくもゾンビなんだろう、彼女にとっては。

飛行機はいつのまにか、敷物状の雲と接するところまで高度を下げている。そしてそのままその中にもぐり込んでいく。すると機体は、これはありさがなかば期待していたことだった、小刻みに震えだす。ありさにはこういう揺れが、ちっとも怖くなかった。彼女のすわっている座席は三列ならびで、まんなかには人がすわっていなかった、その空席をはさんだ、もうひとつむこうにビジネスマンの男がすわっていた。男は前方を平然と見据えていた、ひとつ前の座席の背もたれの後面の、食事のときなどにテーブルとなるトレイがいまはたたまれてすっぽりとおさまっているあたりを。男がこの揺れにちょっと怯《おび》えているということが、ありさには伝わっていた。怯えを表情にださないようにつとめているのが透けてみえてくるからだった。男のことを内心でからかおうなんておもわなかった、ありさは、むしろその反対だったのだ、怯えをほとんど感じていない自分のことが、あわれなような気がした。飛行機が雲から抜けかけて、ようやく東京が、というよりも人間の造ったものだけで地面が埋め尽くされているこの信じられないほどのひろがりが、みえてきた。地面に、そしてそこに立てられた高楼に、人工の光が無数にちりばめられている。この光は、これからさらに夜が進んでいけば、もっともっと殖えて、盛んになっていくものなのだ。幹線道路、高速道路をヘッドライトの黄色の光とテールランプの赤の光とが、隣り合って反対の方向に流れている、その様子をみているだけでも、東京が生きていて、活動している、血液が循環している、呼吸だって行われている、横隔膜が運動している、そういうことは明らかなはずだった。それでもありさは、まだこんなふうに勘ぐっているのだった、確かに上空からみるかぎり、東京はなにも変わってない、けれどもそれはみせかけにすぎないのだ、これは全部、抜け殻なのだ、誰もいない部屋やオフィスを、煌々《こうこう》と蛍光灯が照らしていて、車を運転しているのはみんなコンピュータプログラムなのだ、そうでなければ、車を運転しているのは、人間ではなく、やっぱりゾンビなのだ。

飛行機が着陸して、やわらかい、ドシン、という接地の衝撃をかんじたときに、ああこれでほんとうに東京に来てしまったんだ、といまさらながら観念するようなきもちが、これまででいちばんしっかりとしたものとして、ありさのところにやってきた。機体は駐機場までのろのろとすすんでいって、そのあいだのありさは、ふぬけのようにぼうっとしていた。走行がとまると乗客がいっせいに立ち上がって、それからあとはいつもそうなるように、このときもどこかマラソンのスタートまえのようなそわそわした雰囲気が、機内をいつのまにか支配していたけれども、ありさにはそんなにあわてて東京のなかにすべり込んでいかなければいけない理由なんてなかった、それに、いそいそとすべり込んでいくまえに、ありさにはしておかなければいけない準備があった、イヤホンを装着することだった、ノイズキャンセリング機能のついているイヤホンだった。イヤホンもなく東京のなかに飛び込んでいくことなど、ありさにはかんがえられなかった。だからここに来る前に、性能のいいやつをちゃんと選んで買ったのだ、彼女にとってこれは最低限身につけておかなければいけない、防護服のようなものだった。ありさのなかではイヤホンが防護服にたとえられている、ということなんて、ぼくは知りたくなかった。なにも言わずにだまってつけてくれているなら、なにも文句はなかった、ぼくだっていま、地下鉄のなかでイヤホンをしているし、イヤホンなんて誰だってつけるものだから。ボーディングブリッジとつながれた飛行機の、ドアが開いてまえのほうの乗客からすこしずつぞろぞろと外にでていく、そのあいだにありさはイヤホンのプラグを iPhone に差した。ありさの iPhone のなかには、一九七〇年代の日本のフォークミュージックやロックがたくさん入っていた。演奏時間の総計は、十七時間をゆうにこえるから、その点、心配はいらなかった。ありさは耳を音楽で保護し、それによってつまるところは身体ぜんたいを保護して、空港をでた。

ありさはこれから都心に向かうのだった。メッセージを送って東京にいることをぼくに伝えるのは、もうすこしあとにすることにした。ぼくに連絡し、ぼくと会い、生身のぼくのまえでぼくの顔を、特にその目をみながら、ありさはぼくとふたりで、このふたりの関係がもう終わっていることの、最終的な相互確認をするつもりだった。それが済んだらありさには、東京に来る理由はほんとうに何一つなくなるだろう、そしたらたぶん、一生ここにくることはないだろう。だからこれがありさにとって最後の東京に、きっとなるのだった。

空港の構内にはひとがいた、たくさんのひと、それもゾンビなんかでは断じてない、生身のひとたちが、搭乗口のベンチで出発を待っていたし、ラップトップをひらいて液晶画面をのぞきこみながらそこからの直接光を浴びて顔を青白く光らせていたし、いねむりしていた。電動式の歩道のうえにたちどまりながら運ばれていたし、あるいはその脇《わき》をスタスタと足早にぬけていた。カレーライスや、てんぷらうどんを食べていたし、紙コップのビールやペットボトルの緑茶を飲んでいた。携帯電話で連絡をとりあっていた。これがぜんぶ生身の人間ということ、そんなの、あたりまえだった、でも、そのあたりまえのことを目にすることが、ありさには、微温の悪夢をみていることになってしまう。ひとがあふれていることもそうだけれども、それ以上にありさの身体や心に分け入ってきて、彼女の身体や内面をゆっくりとひやし、凪《な》いだ状態にむかわせていくものは、ほかにもあった、まずは、この空港のなかが広告にあふれていることだった。ポスターや広告板といった、ありふれたやりかたの広告も空港の構内にはたくさんあったけれども、そういうのよりもありさにとっては、目新しいやりかたの広告、というのは言葉や写真やイラストといったメッセージたちが建物の壁や床や柱、階段、そしてエスカレーターの手すりなどに直接描かれ、貼《は》り付けられているようなたぐいの広告のことだ、そういうののほうにずっと目がいき、ずっと気圧《けお》される、そして、ずっと白けた気持ちにさせられる、だって、それらは昔ながらのやりかたのポスターとかよりも、ずっと露骨に、貪婪《どんらん》だから。広告に携わるひとたちの疲れきった頭脳から必死になってしぼりだされた、すりきれる寸前のクリエイティビティーの産物にちがいないこういう広告。でも、とありさはやはりおもってしまう、それをみるひとたちなんて、どうせゾンビしかいないのに、と。ほかにも食べ物や飲物や、みやげ物や、医薬品、とにかくなにかを売りつけようとするための場所も、空港のそこかしこにある、そして、なにかを売りつけるためのそういった場所を照らす、それ特有の雰囲気をつくるタイプの光の照明が、視界のなかにいやおうなしに入ってくる、それらを浴びながら、ありさはすこしずつ、そうそう、そうだった、こういうかんじがたしかに東京だった、とおもいだしはじめる。広告たちの、それらがみる者の心のどの部位に訴えかけ忍び込んでこようと狙《ねら》いすましているのかというかんじとか、そうそう、そうだった。空港にそれがあるのは、東京という街じたいが、いったいこんなかんじだからだ、空港にはそれが凝縮されているのだ。ありさだってついこのあいだまでは東京で暮らしていたのだ、だからそのかんじは知っていた、まだそれを忘れているはずがなかった、それはまだ三年にもみたないことだった、三年まえのことなんて、ついこのあいだ、といってかまわないはずだった。

飛行機のせいだというのはたしかな、ちょっとした疲れが身体になのか精神になのか、どちらと特定することはできなかったけれども存在していることに、ありさは気がついたけれども、それは彼女が飛行機を降りて二十分ほど経過してからのこと、空港と都心とをつなぐ電車がやってくるのを地下ホームで待っているあいだのことだった。電車がやってきて、その扉が開いた、そのとき、アナウンスがなにかいろいろと言っていたけれども、聞いている音楽の音量のせいと、意識をひとところに集めようとする気になれなかったせいで、なにを言っているのかありさにはわからない。ありさは電車のなかへ、重力に引きつけられていくみたいによろよろとすいこまれていき、そのまま七人がけのいちばん端に腰をおろして、手すりの側にみしみしと上体の重みをあずけた。足元に小型のスーツケースをおいて、腕に入れていた力がようやく抜けると、ありさは、すでに予約はすませてある新宿の、高層階にあるからうつくしい夜景をながめることができるらしいホテルの部屋にいっそのことこのままチェックインして、ベッドの上で身体を横にしたいとおもった、けれども、それでは東京に来た意味がなかった、だってありさは東京に、なにもくつろぐためにきたわけではないのだから。どちらかといえば、その反対なのだ、東京には、済ませるべきことを済ませるためにきたのだ、つまり、ぼくに会って、ぼくと話をつけるということを。話をつけるといっても、結論はすでにはっきりとでていた、ふたりがもとのようにまたいっしょに暮らすようになるというのは、どうかんがえてももう無理なのだから。つまりありさはほとんど、単なる儀礼のようなものをとりおこなうために、東京にきたのだ。それはやらなければいけない儀礼なのだった、でも、やらなくていい儀礼なんてないのだろう、儀礼だからこそ、それはやらなければいけないのだろう。東京にいるのはたった十七時間のことなのだから、そのあいだ睡眠をとらなくたってどうということはなかった、睡眠なんて、東京を出てからいくらでもすきなだけとればいいのだから。ありさは、おもいたって、この電車が動きだすまえにいちどぼくに電話をかけることにした。耳のなかに流れこんでいた音楽を、そのためにいったんとめた、でも、ぼくはこのときうとうとしていて、着信があったことに気がついたのは、数分後のことだった。目がさめたとき、この数年来ぼくは目をさましたときはいつも惰性でついそうしてしまうようになっていたのだった、上着のポケットから携帯電話をまさぐりだして、画面をみた。知らない番号からのメッセージが残っていたのだった、ぼくはいつから彼女がその番号にしたのかさえ知らなかった、でも、それがいまのありさの電話番号なのだった、それをぼくは録音メッセージが残っていたから、そこにありさの声を聞いたからやっとわかったのだった。ドアがしまり電車が空港駅を発《た》つ直前に、ありさはメッセージを、えーと、わたしです、とつぜんなんだけど、いま実は、東京にいまして、それで、今日会えたらとおもっているんですけど、でもちなみにわたしは、あしたのお昼くらいには、もう発つので、いなくなってしまうので、そのまえに会えたらとおもっているんですけど、と残しながら、このメッセージを何のまえぶれもなしにきいたときのぼくが、どれだけびっくりするだろうと想像した、そして、おもわず笑いだしてしまいたくなった。でも、笑っていることが録音される声に反映されて、ふざけたりからかったりしてかけているところがある電話だとおもわれるようなことは、ないように心がけなければいけなかった。ぼくはこのメッセージを聞いて、それはありさのおもったとおりだったのだろう、動転した。ありさがそのとき聞いていた音楽の演奏が、中断したのは、ぼくが電話をすぐにかけ返したからだった。けれども、電車はこのときもう動き出していたから、ありさはそれにでるわけにはいかなかった。でもこのときはぼくだって地下鉄に乗っていたのだ、それでも電話をかけていたのだ、なりふりかまっていられなかったから。呼び出すあいだのツー、ツーという音を、ぼくは何回きいたのだろう、でもそのうちに、メッセージの録音をうながすあの声がはじまったから、ぼくはあきらめて、電話をきった。その十秒後、ありさのiPhoneのなかの停止されていた音楽が、それはいまから三十年以上も前の東京で生まれ、録音されていた、日本語のロックの音だったけれども、それがさっきの続きから演奏を再開した。ありさは、ぼくからの電話はいずれまた、むこうからかかってくるだろうとおもった。

東京についさっき着いたばかりなのに、いきなりぼくと待ち合わせるなんてなにかちがうような気が、ありさにはした。待ち合わせの手はずをととのえるためのやりとりをするということでさえ、そんなにあわててやりたくないという気持ちだった。だから、さっきかけた電話にぼくがでなくて、よかったのだ。そのまえに、ものの三十分でもかまわなかった、ひとりでこれといった目的があるわけでもなしにふらふらどこかを歩くというようなことをしたかった。したかった、というよりも、するべきだ、とおもわれたのだ、ありさの内側からでてくる欲求というのではなく、そうしなければいけないというようなきもち、義務感に近いなにかが、あったのだ。そしてありさにはたったいま、おもいつきでそっときめてしまったことがあった、それは、新橋でいったん降りてしまうということだった、だってその駅ならば、この電車に乗っているだけで着くことができるし、新橋は、ひとつの典型的な東京ということだってできる区域だから。典型的な東京、といえるようなところで、まるで東京にくるのがはじめてか、まだ二度目といった程度の外国人の旅行者みたいにふらふらしておきたかった、そんなことをする機会は、たぶんもう最後だろうから。そして東京の、けっしてゾンビなんかではないひとびと、生身のひとびとを、申し訳程度にはみて、目に焼き付けておくのだ。音楽で耳をふさぎながらなら、ありさにだってそれは耐えられそうだった。あと七分とかそのくらいで電車が新橋に着くというところに、またぼくからの電話がかかってきたけれど、ありさはそれにも出なかった。

電車からホームにおりて、ありさが最初にやったのは、音楽のボリュームをあげることだった、そのつぎにやったのは、ホイールつきのスーツケースの持ち手をカチッ、カチッとのばして長くすることだった。新橋の街は、スーツケースを引きずりながら歩くことにさほど難儀するわけでもないといったくらいにしか、混みあっていなかった。けれども大きな通り沿いにも、その一本裏を走る通りにも、たくさんの数の、そう、あれだけあるのだからたくさんと形容していいはずだった、それだけの電飾がまだまだ光りかがやいていた。文字の一部を、商標の一部を、それらの背景になるきらきらの一部をになうちいさな光の点が、東京にはまだこんなにたくさん存在しているのだ。でも、ありさが東京にすんでいたころの、彼女がまだ東京にほとんどなにも疑いなんてなしでいられていたころのそれと、いまみているそれはまるきりちがってみえてしまう、きらきらの総量がこころなしか減っているような気がする、そしてありさは、使用電力量がすこし抑えられているのかもしれないとおもう、でも、そんなことはないのかもしれなかった、そうみえるのは、それをみるありさの側がかわってしまったからだけのことで。身体にぴったりとくっついていて背中から大きな尻《しり》にかけての線がくっきりみえる黒いドレスを着た女が、雑居ビルの入り口で立っていて、その足元はハイヒールだった。全体がひとつの立体駐車場になっているビルのまえで、受付の仕事をまかされているふうの男が、歩道の脇に据えられたパイプ椅子《いす》にこしかけて、足をくんで煙草《たばこ》を吸いながら、きっと彼女は水商売をしているひとに違いない、その黒いドレスの女をみていた。かれのすぐわきには、スタンド式の灰皿がおかれていた。かれの背後は、ガレージ状に抜けている、その奥には、扉がふたつついている。

電動でのみ開閉するその扉のなかに車がはいっていくと、垂直方向に建物のなかをはこばれていって、やがてどこかの高さでとまるのだ、そこに駐車されるのだ。床にはそれぞれの扉のまえに、自動車が一台そのなかにすっぽりとはいるだけの大きさの円がある。それは床に線が描かれているだけのものではなかった、この円と外側とは分離していて、円のなかは、これもまた電動によって回転する、そして自動車が扉のなかにはいっていく際に、または扉からでてきた車が道路の側に先頭をむける際に、その回転はもちいられる、床の円はそのための装置なのだ。ありさは、自分の目にいまみえているもののすべてはセットで、この視界にはいっているひとびとはみな、それぞれの役を演じている役者なのだというふうに自分がかんがえたがっていることに気づいていた、そして、音楽をイヤホンから身体に注ぎ込んでいることは、いったいどのくらいそのかんじの原因となっているんだろう、とおもった、そしたら、ありさの腹がキュー、と鳴った。音それ自体はありさにはきこえなかった、でも、自分の腹がいま音をたてたに違いないのはわかった。ありさはこの自分の空腹には、まるでとりあわなかった、相手にしないことに、はなからきめていたのだった、東京にいるあいだ、なにも口にいれるつもりはなかったから。けれども、ぼくはそんなことは知らなかったのだ、だから、ありさと連絡がついて、そのときにはもう真夜中をすぎていたけれども、新宿にむかうことになったとき、いっしょになにか食べたり、お酒を飲んだりしてもいいとおもったのだ、ぼくらは夫婦で、それなのにもう一年以上会っていないのだから。このときぼくがかけた電話が、ありさの聞いている音楽をまた停めた、そういうときに iPhone は、音楽を唐突にピタッと中断させることはしないで、ごくごく短い時間しかかけないあっさりしたものだけれども、でも丁寧なフェードアウトを施す、そうしたトリートメントのあとで、イヤホンごしに彼女の耳に、呼び出し音を届けるのだ。そんなふうな、スムーズな流れがたいせつにされるぶんぼくは、それはほんの一秒にもみたないことかもしれないけれど、余計に待っていなければいけない、もっともこのときは、その甲斐《かい》はあったともいえた、ありさは電話をとって、それでぼくはありさとようやく連絡がついたから。いま東京のどこにいるの？　とぼくがありさに尋ねたとき、新宿にいる、と彼女は言った、どうして嘘《うそ》を言ったのだろう？　ありさは、ただなんとなくのことでしかなかった、新橋にいる、と言うのがめんどくさかったのだ、それにこれからまもなく、新宿にむかうつもりだった。ぼくはいったんオフィスにもどる必要があったけれども、そしてそこできょうのうちにやっておかなければいけない作業をするのに、一時間くらいはかかるだろうけれども、それが終われば九時前後には、自由になれる。ぼくがそういうとありさは、でもわたしが空くのは十一時すぎにならないと、といった。なんの用事があるというのか、ぼくにはちっともわからなかった、というか、なにも用事なんてないにきまっていた、でもぼくはありさにしたがった。

ありさはタクシーをひろった。もう電車にのるのは彼女には、無理だった、耐えられなかったのだ、何千円かかってもかまわなかった、東京では、イヤホンから流れる音楽で、そして使えるお金があるのならばそのお金で、自分をまもらなければ、ありさはふみこたえられなかった、たとえたった十七時間のことであっても。タクシーははじめ日比谷公園のわきを、それからすぐに皇居のお濠《ほり》沿いに、桜田門、三宅坂《みやけざか》を抜けていった。さっき乗っていた電車のなかの広告だけで、ありさはすっかり食傷していた、たとえば十代の、まだ子供の女の子が、その子は胸が大きい子なのでセパレートの水着を着させられて写ってる、それが巻頭のグラビアになってる漫画の週刊誌の中吊り《なかづ》広告になっていることに。東京は、やっぱりありさの予想していたとおりだった、あまりにも予想のままだったから、かえって驚いているくらいだった、ほんとうに、ぜんぜん変わっていなかった。けれどもそれでも、まだましだったのは、ありさは耳だけはいま東京から、音楽によって遮断しているから。もしもその防御対策さえとっていなかったら、どうなっていたことだろう、この街から聞こえる音だって、どうせ変わってなどいないだろうから、たとえば、電車の中で交わされる会話の一端を耳にしたりして、ありさはいまよりももっとかなしみを、あきらめに似た気持ちを強くかんじていたにちがいない、東京がこんなにも変わっていないこと、変わろうという意志が街を変容させるに至るだけの多数のものにはならなかったのだということに。ありさはふいにおもった、ホテルの部屋に入ったら、iPhoneを充電するのは絶対にわすれてはいけない。曲数がいくらじゅうぶんだとしても、バッテリーがきれてしまったら、それはもう致命的なことなのだから。ありさはさっきタクシーにのって、行き先のホテルの名前を告げるときだけは、片耳だけイヤホンをはずしたけれども、それからは車のなかなのにイヤホンはずっとつけたままだった。けれどもこの、いまありさが聞いている音楽、東京という街にとってだってとても懐《なつ》かしくおもわれるにちがいない、三十年まえ四十年まえのフォークソング、その歌声やギターの音、ドラムの音、それらとともにこの街のなかを、信号待ちや渋滞でしょっちゅうつまずくようにしながら横滑りしていくのは、胸をしめつけられるよう、ノスタルジアにもてあそばれるようだった。半蔵門の信号を左折して、皇居に寄り添うように走るのはそこでおわりになり、新宿通りをいきながら四谷が近づいてくる、そして、駅まえの交差点をとおりすぎたあたりから、そのノスタルジアは、いよいよ強まった。東京に滞在する制限時間を設定しなければこの街にくることができないとかんじるようになってしまった自分のこと、そんなふうに自分のことを余儀なくした境遇に対する怒りと、そんなふうにかんがえているなんて、東京にたいして、東京にくらしているひとたちにたいして、なんとうしろめたいことだろうというおもいとが、ないまぜになったものが、ありさのことを容赦なく、のした。のされてしまっていることが、ありさはくやしくてたまらなかった、でも、ありさがこんなふうになってしまった原因をつくったのは、ありさではないのだ。もちろん、ぼくのせいでもない。ありさは、ひとつまちがえたら、今夜ぼくに会ったとき、このうしろめたさのことを話してしまうかもしれなかった。でも、後生だからそんなことを告白する相手は、ぼくではなくて、せめてこの十七時間は我慢して、東京のそとにいる、誰でもいいから誰か別のひとにしてほしい。ぼくにたいしてはけっして、そんなふうなことをおもっているそぶりなどはみせることなく、確かめあうべきことだけを確かめあって、それ以上にわずらわしいことはなにもつけくわえずに、立ち去るなら立ち去ってほしい、だって彼女に立ち去られてしまうことだけでぼくにはじゅうぶんに重たくて、それを克服するのには時間だって、精神が何度も起伏をあじわうプロセスだって、たくさん必要としなければいけないことなのだから。タクシーは、ここまでにとおりすぎてきたいくつもの公園とはまたべつの公園のわき、いまは新宿御苑《ぎょえん》のわきをぬけているところだった。ありさがきいている音楽は大音量だったから、イヤホンからもれていて、タクシーの運転手にもすこしきこえていた、運転席のシートの裏側に、後部座席にすわった乗客にみえるように運転手のなまえが、顔写真といっしょにかいてあるのを読むと、その運転手のなまえは、風間さんだった、年齢まではそこにはかかれていなかったけれども、五十五歳の風間さんには、このほんのちょっともれてくる音、そのわずかな手がかりで、この三十代前半の女性客がきいているのがじぶんにも耳になじみのある昔の音楽だとわかってしまった、だから風間さんは、ときどき鏡ごしにありさのことを一瞥《いちべつ》しないではいられなかった、そんなに古い曲をきいているなんて、ちょっとめずらしい趣味のひとだとおもったから、でも、ありさは意に介さなかった、そしてありさはぼんやりと、こんなことをかんがえていた、これからホテルについたら、夜景をながめたりするのよりもまえにまっさきにシャワーをあびたい、夜景をみるのはそれからだろう、でも、ホテルの窓はいま自分がとおり過ぎてきた日比谷公園が、新宿御苑が、そしてひときわ巨大な皇居がみえるむきに付いているのだろうか？　もしみえるとしても、それはただただ、東京じゅうがきらきらしている、そのきらきらがそこだけ奇妙にまったく存在していない真っ黒いおおきなうろとしてみえるのだろうけれども。

どうしてありさはホテルになんて泊まるんだろう、それも、ありさからホテルの名前を聞いて、ぼくはとても驚いてしまった、そんなにいいホテルにわざわざ泊まるなんて、それはもしかして、ぼくにたいするなにかのあてこすりみたいなことなのだろうか？　でも、ぼくのなかにだって客観的な部分はあった、そしてその部分において、ぼくだってわかっていたのだ、ありさがこうして東京にきて、泊まるのをホテルにして、ぼくが住んでいるマンション、そこはありさだって暮らしていたことがあるマンションだった、そこにぼくは住みつづけているのだった、だってそのマンションをぼくは、それは震災の一年まえだった、ローンをくんでもう購入してしまっていたのだから、でもそのマンションにありさがこようとはしなかったこと、ましてやそこに泊まろうなどとは全然かんがえなかったこと、それは当然のことだし、なによりぼくたち自身のためをおもえば、賢明なことでもあるということは。

ぼくはまさかぼくがつとめているオフィスのある六本木から、ありさがいるというホテルまでいくのに、タクシーをつかうわけはなかった、ありさとちがってぼくにとってはこの東京だって、この日だって、他のどの日ともさしてかわらない日常なのだから、地中のとてもふかいところを走る大江戸線にのった。その車中でぼくは、ありさのことをなじってやりたい衝動にかられた、そして、おもいえがいてみたのだった、高級ホテルの部屋のなかにいさえすれば、きみがそんなにおそれている放射能から、身がまもれるとでもおもっているのか？　ばかばかしい！　とぼくがホテルのロビーで、まわりにいるひとびとがぼくたちのことをみないではいられないくらいの大声、どすの利《き》いた大声をひびかせているところを。でも、そんなことをしたってしょうがないのだ、しょうがないし、ぼくにしたってそんなことがいいたいわけじゃないはずだった。都庁前の駅から、新宿中央公園のわきをとおりながら、ありさに電話をかけた、もうすぐホテルのまえにつくよ、と告げると、じゃあすぐに行く、とありさはいった。ぼくはありさに、もうなにか食べた？　ときいた。ありさはううんといった。お腹《なか》はすいてない？　とぼくはきいた。ううん、食べなくて平気、とありさはいった。つまり、ありさは東京で食べものを食べるつもりはなかったのだ、でもそんなことは、ぼくには察しがついていた、察しがついていたけれども、ぼくはきいたのだ。

さっき、すぐに行く、といったのだからありさは一、二分もすればくるのかと、ありさがそんなひとではないことをぼくは知っているはずなのに、ぼくはどこかで期待してしまっていたけれども、地上階まで降りてきたエレベーターの、開いた扉からだれか他のひとではなくてありさが出てきたのは、案の定、十分も経《た》ってからだった。もちろんこのとき、イヤホンはしていなかった、iPhone は机の電源プラグに差したまま、部屋に置いてきた。ありさはぼくの知っているころの彼女よりもいくぶんかやせているきがしたけれども、それが健康的にやせたのか、それとも憔悴《しょうすい》しているのか、ぼくにはわからなかった、というより、そのどちらなのかなんてことをみわけたり、ぼくはしたくなかった。

ありさがホテルの部屋にぼくのことをまねきいれる可能性を、ゼロとおもうことのできていない自分が、ぼくはこのとき、ほんとうにいやだった、自分のそんな部分は、切除してしまえればどんなに楽だろう。贅沢《ぜいたく》をきどった空間の、ロビーのすわり心地のよいソファにこしかけていても、それがなんの足しにもならないなんて、滑稽《こっけい》でしかたなかったし、ありさとのぎこちない会話をはじめている自分も、おなじくらい滑稽にしかおもえなかった、けれども、そういうことはがまんするしかなかった、そういうときに逃げ出したくなるほどの子供では、さすがにもうぼくだって、とうになくなっていた。ぼくとありさのあいだの、済ませるべき話は、あっさり済ませられた、だって、そのことの支障になる意見の相違なんて、なにもなかったから、それに、そんな話は早く終わらせてしまいたいという点についても、ふたりは同意見だったから。異なるのは、東京に対する態度、ありさのほうのそれがあんなにも大きく、あれを機に変わってしまったということだけだった。

ぼくのマンション、そう、それはいまはもうぼくたちのマンションではなくなってしまったけれども、それは都内にあったから、帰りの時間のことをぼくは、そんなに心配することもなかった、けれども、ここに長居している理由もなかった。ちょっとした、切り上げるきっかけがみつかれば、ぼくらはここから立ち上がることができた。でもそれは、すぐにやってきた、ありさとぼくのあいだに存在していた空間のどこかから、キュー、という音がした、なんの音かはもちろんすぐにわかったし、それがぼくのではなくてありさのだした音だというのも確かだった。音がしてしばらくのうち、ぼくたちはふたりとも、それにたいしてなんの反応もしなかった、けれども、ありさがどうしてもこらえきれなくなって、プッ、と吹き出した、それから、まわりのひと全員を巻き込むほどの、というわけではなかったが、数人のことをこっちのことが気になってしかたなくさせるくらいには大きな声で、笑いはじめた。ぼくもそれに釣られて笑った、そしてありさとぼくは、そこから立ち上がった。ありさはホテルの部屋にもどって、ぼくは自分のマンションに戻った、その途中で、ぼくはマンシコンのすぐ隣にあるセブンイレブンに寄った、電子レンジであたためて食べるパスタと、ビールを買った。翌朝ありさは、そんなにはやく、というわけでもなかったけれども、ホテルをチェックアウトした、空港までは、リムジンバスで行った。飛行機に乗ってからなのか、どこかに向かうその飛行機が、そのどこかに到着したそのあとでなのか、ありさだっていつかどこかで、食べものを食べるには違いなかった、でもそれはぼくの知らないことだった。

黄金期

ソソミーよ、お前の頭には先週の平日の朝、集団登校の小学生たちの列とすれ違ったとき、中の一人の子どもが大きな声で言い放っていた、平成の次は黄金期がいいよという、あの言葉があまりにも強く印象に残っている。

人間どもが横浜駅中央通路で、いつものようにひしめきあっていた。ベージュのコートを羽織った髪の長いスタスタ歩く女の、身体《からだ》の脇《わき》に抱えた革製のショルダーバッグが、すれ違いざまに腿《もも》の裏あたりに強くぶつかって、それに対するすみませんもなにもなしに女はどうやらそのまま華麗にスルーを決め込む方針のようだったから、お前は即座に振り向き、女の背後へつかつかと近づいていった。じゅうぶんに近づくと、お前は右足の、スニーカーの靴底全体を、女のベージュのコートの膝《ひざ》までの丈の、その下からのぞいている黒いストッキングで覆《おお》われた脹《ふく》ら脛《はぎ》の裏側のところに叩《たた》きつけるようにして、蹴《け》り込んだ。女はあっけなくふにゃっと崩れ落ちて、しかもその直前にきゃっ、という高音の、か細い、けれどもじゅうぶんにぶざまな声まで上げたから、悪いんだけれども、そしてこれは百パーセント不徳のいたすところなんだけれども、と心の中で弁解しつつもお前は笑った。

膝をついて倒れている女とお前とがそのあいだに生み出しているある独特の、尋常でない気配の存在には、その脇を通り過ぎて行く人間どもは、さすがにどんなに鈍感な者であろうと、スマートフォンの画面に気をとられていようと、何か人生の瑣末《さまつ》なあれやこれやに心を煩《わずら》わされている最中であろうと、誰しもが多かれ少なかれ気がついて、なかには歩みの速度をほんの少し緩めてこの状況に関心を寄せようとする者もごくまれにだが、いることはいた。もっとも、たとえそういう者であっても、それ以上立ち入った具体的なことは、してこなかった。それはソソミーよ、お前が、立っているその佇《たたず》まいの中に介入を受け付けない明快な態度を柔らかな仕方で潜ませていたからでもあるだろうけれども、仮にお前がそうしたことは特に何もしていなかったとしても、人間どもの大多数は自分が通り過ぎる動線の傍らで何かおだやかでない気配をたたえたことが今まさに起こっているといった場合、その状況など目に入っていないかのようにしてやり過ごすのは普通であるから、あるいはほんとうに目に入っていないという者だって相当の割合でいるわけだから、女に向かって大丈夫ですかと声をかけたり、お前に向かって何をやってるんだと言ってきたりする者はまず出てこないだろうと想定するのは、常識的なことだし、現にこのときもそんな人間は出てこなかった。

もし女が倒れたますぐには動けず、しばらくそこに竦《すく》んでいるとしたら、その場合お前はそのあいだずっとそのすぐ脇に、憤《いきどお》りとか難詰《なんきつ》といった強いオーラを極力出さないようにしながら、むしろ、慈愛、といえるような感じのオーラをできるだけ出そうとさえしながら、立って、女がその気配に気がついてこっちを振り向くまで、待っているつもりだった。そして振り向いてきたら、そのときに、どうしてこんなことされたかわかりますかと質問調で、けれども丁重に、冷静な表情で、女の目をしかと見つめながら、言うつもりだった。ところが女は思いのほかすぐ立ち上がろうとし始めた。もっとも、こんなふうにみじめにくずおれた状態では一秒たりともいたくないという心情を持つのはもっともなことなので、その線もあるだろうなというのは当然想定できていたことだ。

床にぶつけた膝の痛みや、屈辱感で心が折れていることなどに耐えながらだったから、スムーズに立ち上がるというのを女は全然成し遂げられていなかった。そのたどたどしい様子をお前は微笑《ほほえ》ましく見守りながら、あいかわらず、女がこちらを振り向くのを待っていた。とはいえこの時点でお前はもう薄々、たぶんこれは振り向くことなくここを立ち去るやつだろう、というのはわかりかけていた。

女はようやく立ち上がると案の定、こちらを見ることなく、そそくさとその場を離れ、人間どもが湯量の豊富な温泉の源泉みたいにどこからかどくどくとひっきりなしに湧《わ》き出してきて、このコンコースの中で、枕《まくら》に詰め込まれたビーズよろしくぎゅうぎゅう詰めになっているこの常軌を逸した人混みへと紛れていった。女が最後までお前の方を振り向くことがなかったということは、つまりはお前の思ったとおりで、すれ違った人の身体に自分がバッグをぶつけたのを、女はやっぱり把握していたのだ。

置いてきぼりにされた形になったお前が、その場に立ち尽くしたまま、自分の左手首のG-SHOCKの盤面を見ると、十九時三十七分だった。それからお前はファーウエイのワイドディスプレイのスマートフォンを手にとり、指紋認証で画面ロックを解除し、こうつぶやい《ツイートし》た。

〈しかし問題の、いちばん根本の原因は、そもそも人間の数が多すぎる、ということである。〉

ほんとうは、こういうのは、つぶやく《ツイートする》のではなしに、あるいは、つぶやく《ツイートする》だけではなしに、この場で大声で、演説みたくぶつべきことなのかもしれないと、お前は思わないでもない。でももちろん、そんな面倒だし億劫《おっくう》だから、お前はやらない。だいいちお前は、つぶやき《ツイート》を誰かに届けたいからつぶやく《ツイートする》わけではなくて、ただつぶやき《ツイートし》たいからつぶやい《ツイートし》ているだけなのだ。

お前のつぶやき《ツイート》のフォロワーは八人だった。それで別にいい。

さすがにあまりにも長いこと、人の流れの真ん真ん中に立ちっぱなしでいすぎたとお前は自分でも思い、その場を離れ、このコンコースの空間を支えるいくつもの、直方体状の柱のうちのすぐ近くにあったやつの側面のひとつ、取り付けられたライトボードの上に掲示されたマイナビ合同会社説明会の広告が光に浮かび出されているのの前に、背をもたれさせて立つ。そしてまたひとつつぶやい《ツイートし》た。

〈でもこれは、時が解決してくれる。人間の数が、この国ではこれから着実に減っていくのだから。そうしたら人間どもはもう、互いをウザい存在とみなしあうような事態に遭遇しなくてよくなる。〉

それからしばし、この場を行き交う人間どもの奔流を、お前はかすかに微笑を浮かべながら傍観する。やがて、一度しまったスマートフォンを再び取り出して、お前はこうつぶやき《ツイートし》加える。

〈たとえその「時」が、わたしが生きているあいだに訪れるというのではないとして

も。〉

お前に物心がついて以来このかた、横浜駅の、かつては東西自由通路と呼ばれていた、けれども今は中央通路という名称のこの地下コンコースは、名前の変わる以前も以降も、常にそのどこか一部が工事している状態であり続けている。去年は、この中央通路の西端が、同程度の深さに掘られた同じようなコンコースであるダイヤモンド地下街とはこれまでずっと寸断されて往き来《ゆき》のためにはいったん地上に上がらなければいけなかったのが、ついに工事で貫通した。

お前が高校生のとき、地上の二階相当の高さにあった東急東横線の横浜駅が地中深くへと引っ越し、新しく開通した地下鉄のみなとみらい線に乗り入れるようになった。それにともなって東横線の行き先は、それまでは桜木町だったのが元町の方、中華街の方に切り替わった。その際に中央通路の西の終端部の左側にも右側にも、地下へ降りていくための動線としてのエスカレーターと階段ができた。

それから、これはそれよりもだいぶ近年のことになるが、その頃にはお前ももうすっかり成人になっていたが、この中央通路から相鉄線の二階の改札へ行くための新しいルート、従来の、一度地上のロータリーの手前まで上がる、そこから高島屋のそばの階段なりエスカレーターでさらにもう一階ぶん上がる、というのとは異なるそれよりもっと近道が、これまたコンコースの西側の端の一角に誕生した。これによって相鉄線二階改札口前にひろがる空間のうち、服屋や雑貨屋が軒を並べていたり、ジョイナスや高島屋へと接続していたりする以前から賑《にぎ》わいのあったあたりの雰囲気からはずっと疎外《そがい》されていた、いわばデッドスペースであった一隅はついに、動線の一部として有効活用され始めた。

もっともこの新動線は、二基のエスカレーターを設置するだけでいっぱいになってしまう程度の幅しか持たなかった。階段もなかった。この程度では、ちょっとした混雑時にはもう、相鉄線改札と中央通路のあいだを往き来したい人間どもの需要をまかないきれなくなる。許容量以上の人間どもに押し寄せられたエスカレーターの手前には、みるみる長い列ができる。少し遅れてその一帯にやって来たある者は、今話題の大人気商品を買うわけでもなんでもない、ただワンフロアぶん降りてコンコースに行くだけのためにこれほどの列に並ばなければいけないのかと呆《あき》れ、ふと溜息《ためいき》をつく。別のある者は、この狂気の沙汰《さた》を前に、しかしここに加わっていくほかないと諦《あきら》めて、自嘲《じちょう》気味に鼻を鳴らしたりしつつ、しぶしぶ最後尾につく。

人間どもの中には、エスカレーターに立ち止まって乗っていたい者と、乗っているあいだも自分の足で昇り降りしていたい者とがいて、それぞれがそれぞれの思惑に合わせてエスカレーターを待つ列の、右側に行きたかったり左側に行きたかったりして、ちょこまか動く。加えてそこにひしめきあう人間どものたいていは、バッグを提げたり背負ったりしていて、そのぶんだけ脇や背中の部分が膨らんでいるので、これはいわば、巨大なこぶがくっついているようなものだ。奇形の人間どもは各々《おのおの》の突起部分で互いを遮り合ったり、それをぶつけ合ったり、または自分が混じっていきたい進行方向の流れの中に見つけたわずかな互いのこぶをぶつけ合ったり、進んでいこうとする先の隙間《すきま》に割り込み合ったりしている。

ひとりひとりの人間の移動の意志がせめぎ合って、大小無数の衝突が起こる、その累積《るいせき》としてのひとつの流れ。朝のラッシュ時には、相鉄線を降りた人間どもによって構成されたそれが、本流へどくどく注ぎ込まれていく。夕方以降の帰宅ラッシュの際は、産卵するために死にもの狂いで川を遡行《そこう》していくサケの大群みたいに、無数の人間どもがここを上がっていくさまができあがる。

工事の行われている期間は、当該箇所の周囲に仮設の壁が建て込まれて通路の幅がその分狭まり、行き交う人間どもの流れはそれだけ滞る。そこを通る人間どものほぼ全員が常日頃から多かれ少なかれくすぶらせているフラストレーションが、ちょっとしたことで暴発し衝突が今にも起こりそうな、その一歩手前の雰囲気をあたりは濃く帯びていく。

そうした一触即発状態を和らげる多少なりとものの足しにはなるんじゃないだろうかいやなるに違いないと、きっと誰かが本気で思っているからなのだろうけれども、人間どもの流れに澱《よど》みが生じるポイントに支給された拡声器を手に配置されている人員たちの疲れた肉声によって、あるいは女性の声の、居丈高な生意気さを微塵《みじん》も感じさせない、かつ過度に情緒に流されることもない中立で冷静なトーンで録音されたアナウンスで、現在工事中のため通路が狭くなっておりご通行中の皆様にはたいへんご迷惑をおかけしておりますし申しわけございませんせん的な文言がその場に延々と繰り返されるが、それらは結局白々しく響くだけなので、かえって人間どものフラストレーションを増幅させるという結果を招いている。

これはこのコンコースの暫定《ざんてい》的な状態にすぎないというのをたとえ頭では理解していても、しばらく続いていると、そのうち人間どももなんとなくそれに慣れていき、これはずっとこのままなのかもと無意識に思い始めて、何の工事をやっているんだかよくわかってないけれどもずいぶん長いことやってるな、ということ自体、だんだん頭にのぼらなくなっていく。するとやがて、通路が狭くてご迷惑おかけしてますのアナウンスも、そもそも耳に入ってさえこない、ということになっていく。

そしたらあるとき工事がふと完了する。仮設の壁が取り外されて、見えるようになったその先には、真新しいピカピカの壁、床、天井に覆われた、これまで存在していなかった動線空間がひろがっている。それでは、さてこれで工事が終わりかといえば、さにあらず、その工事の終わりを待っていたかのように、構内の別のどこかで別の工事がすぐさま始まる。それにともなって新たな動線の制限、新たな通行の渋滞が始まる。こんな感じの繰り返しをひたすら重ねて、ある場所から別のある場所に行くための便利な近道となる動線が、ひとつひとつ増えていく。

工事は絶え間なく続く。改装に次ぐ改装。しかしそれによってこの中央通路はより快適な空間へと変わっていくどころかむしろ通行しづらさが、それにともなって押し殺されたフラストレーションの濃度が、増していくばかりだった。ひとつのコンコース内に複数の動線が交錯しているという状況は、そのただなかに置かれたひとりの人間の立場からしたら、自分の行こうとする先に、別のところに行きたがってる人間どもによって生み出されているいくつもの流れが続々と立ちはだかっているということであって、それはウザくてウザくてしょうがないということであって、そこにさらなる改装工事の結果としてさらなる新動線の可能性が開かれれば、それはウザさにますますます拍車をかけるということにほかならない。利便性を高めたい一心でアイデアが労力が資金が、よかれと思って投入された結果が裏目に出たということなのか、無視できない副作用が出てしまったということなのか、ずいぶんとやさぐれた場所、剝《む》き出しになる寸前の殺気がしれっと色濃く漂う場所へと、ここをすっかり変貌《へんぼう》させた。

自分のここ最近の十年あまりの人生は、ある意味でその変貌とともに歩んできたと言えるとソソミーよ、お前は思う。

お前はつぶやく《ツイートする》。

〈もっとも、もしかするとやさぐれていったのは、この場所ではなく、自分自身なのかもしれないのだが。〉

つぶやい《ツイートし》たあとで、フォロワーが一人増えて九人になっていることに、お前は気がつく。

ファーウェイの液晶スクリーンから目を上げると、腹の前も側方もまるまる肥大した、ジャケットの前を留めるボタンふたつのうちひとつだけを留めるのでさえやっとといった濃紺のスーツ姿の、二十代半ばとおぼしき男性の存在を、視界の先にお前は認める。男は歩こうとする気配をまるで帯びていない。両腕をだらんと下に垂らした一見して異様な体勢で立ち、斜め前方に目を落とし、じっとしていた。もしかしたら、これは立ったまま死んでいるというやつだろうか、とさえ思えてくるほどだった。

この横浜駅中央通路を支配する速度に同調することがちっともできないでいる様子。これは、この人混みの中、自分の行きたい方向へその大きな身体を分け入らせるようにして強引にぐいぐい進んでいくというのをもう諦めて、匙《さじ》を投げているということなのかもしれないし、あるいは、この速度に乗るのを頑《かたく》なに拒んでいる、ゼロ状態になるという仕方でこの状況に抗《あらが》っている、ということなのかもしれない。

このコンコース構内に身を置くということは、ここに渦巻く多くの人間どもと同様、自らもまた移動の意志とその実現とから織り成されている流れの一部を構成する者となることを受け入れているとみなされて当然と言えるのであって、したがってそんなふうな、移動するつもりのない風情《ふぜい》でぼうっと突っ立っているのはそもそもお門違いであり、邪魔であり、そしてとても異様なことであり、自分が瀬の上に一部顔を出した岩か何かになってでもいるつもりなのか、それとも水底に根を張りながら茎から先を水中でゆらゆらさせている水藻か何かででもあるつもりなのか、いずれにしても、何かのパフォーマンスをしているところのように見えかねない。

この場に現実的に生じている、人間どもの身体の寄せ集まりという実質をともなった動線の流れの真ん真ん中に、まさにでくのぼうという趣きで、立っている。やがてそれらのせめぎ合いの中で、あるとき心がなのか、あるいは棒そのものなのかが突然ポキッと折れてしまって、自分のめざす進行方向に行くという最低限のことさえ果たすのが無理になってしまう。もしも現在この男性に起こっているのがそういうことなのだとしたら、それはお前にも身に覚えのあることのはずだ。そしてお前がそれを経験したのも――お前のこの男性の年齢についての見立てがもしも正しいのならばだが――お前が彼と同じくらいの歳《とし》の頃だったのじゃないだろうか。

ソソミーよ、お前は眼前の男性を案じているけれども、そばに行くことはしない。お前は彼の様子を、かつての自分の姿のようでもあると思いながら、眺め続ける。あたりを見渡すと案の定、男性の様子を遠巻きに静止画なり動画なりに収めている人間どもの姿がちらほら見つかる。それをやめさせる力は、お前にはない。せめてできることは、その人間どもの姿をお前のファーウェイで収め返すことくらいだった。

お前の人生において、この横浜駅中央通路はある意味で、精神修養のための、道場であった。今はまさにこの男性にとって、修練の機会だ。この試練を経て少しずつ強くなっていくのだ。しなやかになっていき、超克していくのだ。彼が今、そのためのしかるべき経験を積んでいる最中であるのだとしたら、それを遮るのはいけない。お前は思わず、男性に向けた励ましメッセージを、つぶやいて《ツイートし》いた。

〈がんばれ。そこから立ち上がったとき、新しい状態への扉が開く。〉

これまでの自分の経験が、おのずと思い返されてくる。この中央通路――お前がこの経験を始めた当初はまだ名称は東西自由通路だったが――を、おびただしい人間どもが行き交っている、その中に自分も入っていかねばならない人生の時期が訪れたとき、しかし最初のうちは特に何も問題はなかった。サーフィンや、カヌーで行う急流下りのように、つまりこれを一種のアトラクションみたいに捉《とら》えて、自らの身体を巧みに操って、激流に呑《の》み込まれまいと必死になるのをどこか楽しむことさえできていた。もっともそれはおそらくは、単に、この社会の一部になったという実感とパラレルな体験として味わうことのできるおめでたいひとときを過ごしていたというだけのことだったのだろう。

当然のことながら、そんな時期は長く続かなかった。これは異様な事態なのだという、本当は最初から薄々わかっていたことに、はっきり気がついてしまう時は、ほどなく訪れた。そしてそれ以降、これをアトラクションのようにみなして楽しむというモードに入り込んでいくことは、できなくなった。

それにしても、この異様さを構成する当事者たる、ここに渦巻く人間ども自身は、いったい何を思ってここに渦巻いているのか？　どうして連中は、平気でいられるのか？　この事態を特に判断することなくただそれとして受け入れているということなのか？　そういう種族が世の大半ということなのか？

だとしたら、そんなふうにはいかない種族だって存在する。まず誰よりもソソミーよ、お前がそうではないか。そして今お前の視界の先で、不格好な姿を晒《さら》してしまっている真っ最中の、図体《ずうたい》の大きな男性、おそらくは彼もそうなのだ。お前はそのように見ている。この種族に生まれ落ちた者は一度こんなふうに、傍《はた》から見たら大したことのないパンチをもらっただけのようにしか思えないのにボクサーが、意識もしっかりしているというのにどうしたわけかダウンして尻餅《しりもち》をついた状態から立ち上がろうとすることがまったくできない、ということがあるけれどもそれと似た、こうした思いをしなければならない運命にあるのだ。しかしそれは通過儀礼のようなものであって、これを経て変容の過程を、その第一段階からひとつずつ経験していくことになる。そして超越状態へと到達していくのだ。

超越の手前でみじめな思いをするのは、やむを得ない代償だ。この異様な現実に自分を難なく、あるいはほんの少し難儀するだけで順応させてしまえる多くの人間どもとは異なり、為《な》す術《すべ》なく竦み上がって、あからさまにみっともない姿を見せてしまう。

身体がこわばり、動けなくなってしまう。しかし、ひとつ確かなことはあって、それはつまり、いつまでもこのままでいたって埒《らち》があかないということだ。たとえそんな状態にあっても、そのことは把握できている。かと言って、他の人たちだってみんなそうしているのだから、みたいないい加減な理由を自分に言い聞かせ、この違和感なり拒否感をうち捨てて再び目の前の流れへと身を投じるようなことも、お前たち種族にはできない。そんなことをするくらいならば死んだほうがましだ、というふうに考えるのが、お前たち種族なのだ。

中央通路のこの異常現象は、大多数の人間どもにとっていったい何なのか？　彼らにとってはこれは異常ではなくて普通なのか？　どうしてもなんらかの解釈を、お前たちは与えずにはいられない。なぜ暴動が起こらないのだろう？　それを説明できる、単に自分なりのものというのであってもいいから、仮説を持たなければやってられない。

世の多くの人間どもにとってはこれは異常事態でもなんでもないのだ、世界がうまく機能するのに当然必要な普通の一プロセスという以上のものとも以下のものとも見なされてはいないのだ、というふうに考えてみることは、しかしすぐに無理を来《きた》す。だって、そうであればなぜここはいつも、あからさまに姿を現すのよりは数歩だけ手前の殺気がこんなにも漂っていて、ここはこんなにもやさぐれているのか。

実はここにはこの場を構成する人間どもによるひとつの調和が織り成されているのだと考えてみる。いくつもの折り合いのつかない流れが衝突し合ってにっちもさっちもいかない混沌《こんとん》状態に一見みえるこれこそが、実は調和のとれた状態なのだ、というふうに。大多数の人間どもは半ば無意識にそれを理解していて、この調和を維持するために仕えているのだ。でもこの思考実験はお前にとってはあまりにもばかばかしく、真に受けることができなくて、お前はこれは早々に中絶させてしまう。どんなに贔屓《ひいき》目《め》に見たって、調和なんてものがここにあるはずがない。

もっと有力なのは、ここは実のところ、ほとんど戦場なのだと捉えることだ。ここに調和があるのだとしたら戦場に調和があるということになる。そんな言いようは単なる言葉の詐術《さじゅつ》でしかない。この通路は、ここを用いようとする人間すべてに闘争を余儀なくする。人間どもは、あっちに行きたいこっちに行きたいというささやかな各々の目的を果たすために、それを妨げる諸要素との闘争を余儀なくされる。各々の目的の優先を妨害してくる他の人間どもの意志を斥《しりぞ》け合う。その意志の存在を互いにそもそも認知しないという仕方による、意志の排斥合戦によって、絶えずそこかしこで小さな火花が生じ、こうしてこの場は常時一定以上の濃度の殺気を保つ。

——こんなふうに、目の前の異常事態が恒常的に存在していることのわけを理解したくて当時のお前が辿《たど》った試行錯誤が、この男性の頭にだって、ついさっきまで、いや、今この瞬間にだって寄せたり返したりしているかもしれないのだと、お前は男性の心の中、頭の中を推し量る。

この男性の体型、お腹《なか》がでっぷり張り出しているさまを、みっともない、醜いと思う向きもあるだろう。しかしお前はそれには与《くみ》しない。彼だけがみっともないのではない。その見方はあまりにも表層をしか捉えていない。みっともないという意味でいうなら、みんながみんなみっともない。人間どもは誰も彼も、身体の前に自分のスマートフォンをかざして立ったり歩いたりしてるわけで、これはつまり身体の前方空間を我が物顔で占拠しているということであり、そういう意味じゃどいつもこいつもデブなのだ。みんなメタボでデブで、一人あたりの実質的な体積の取り分が増えた。そのせいでこの空間はさらに窮屈になった。おまけに目の前の液晶画面の範囲にしか意識を配らない視野狭窄《きょうさく》が万人の自然な状態となっている。今やこんなふうな人だかりのする場所で視野を広くしている人間は、スリやナンパ目当てできょろきょろしているかのようで、かえってあやしい輩《やから》に見える。

〈基本、まともな人間はいつもマイナーなわけで、超マイナーなわけで、それはメジャーな側からはおかしく見えるわけで、そういうふうなのが常に世の習い。〉

ついに男性が、言葉ではない、あー、あー、という嗚咽《おえつ》を上げながら、膝を曲げてしゃがみこんでしまった。お前はそれを見て、かねてからの推量、彼は通過儀礼の最中にあるのだという思いへの確信を強く得る。彼のそばを流れすぎていく人間どもの中には、心配げな顔で彼の前でしばし立ち止まる者、さらには大丈夫ですかと声をかける者もいるけれども、男性がそれに対してなんら反応しないので、この気遣いをこれ以上の具体的な行動に移す機会を持てずじまいのまま、みんなそこを立ち去る。多くの人間どもは、ただそこをよけ、ガシガシと通り抜ける。いい歳をしてどうしたの子どもみたいに駄々こねちゃって、的に連れと苦笑しあいながらそこをかわしていく人間どももいる。男性に対する嫌悪感《けんおかん》を露《あら》わにした表情を見せ、苛々《いらいら》した足取りで通り過ぎる者たちも少なくない。

しゃがみこんだ男性がひじょうに緩慢な速度で、しかし着々と背を丸めていっている。それをお前は凝視して、見逃さない。この場に支配的な慌《あわ》ただしいスピード感に対する、これは静かでささやかな、しかし毅然《きぜん》とした抵抗であると、お前には映る。

やがて彼は、膝のあいだに頭をうずめていった。それはあたかも、グロテスクな外界から自らを隔てるために自分の身体それ自身をひとつの閉じた繭《まゆ》としているかのような格好だった。そしてその姿を目にしたお前にふいに、鳥肌が立つような感慨が訪れた。あのとき自分もこれとおなじ体勢を確かにとった、という記憶が一気にお前に押し寄せてきたのだった。

彼とお前とが同じ種族であることは、疑う余地はない。

そのときも今とおんなじように人間どもはひしめきあって、不快さを高めあっていた。その空間の真ん真ん中で、お前は目の前の現実に立ち向かう気力をあるふとしたはずみにすっかり失い、完全に打ちひしがれたのだった。この先の自分にとって今はどう振る舞うのが賢明なのかを計算する、などということが心の底からどうでもよくなり、今のあの男性のように意味を持たない嗚咽を垂れ流しもしたし、涙で顔をずぶ濡《ぬ》れにもしたし、小便を漏らしもした。お前の両脇を人間どもが続々と無関心を決め込んで、あるいははっきりと迷惑そうな態度を示して、なかには舌打ちまでして、さらには今にも唾《つば》をはきかけてくるのじゃないかといういきおいをはらませながら通りすぎていくのを、お前はそのとき目視などせずともひしひしと感じていた。あのときのことはお前は、これまで自分の生きてきた中でいちばんみじめだった瞬間としてはっきり憶《おぼ》えている。そして同時にあのときは、これまでお前の生きてきた中の、最大の転換点だった。

あのとき、はじめお前は、これは体内の小便がすっかり出切ったからそう感じているのだろうか、それと、こんなに泣きはらしたからすっきりしたせいでそう感じているというのもあるのかもしれない、などと思いながらも、自分の身体が軽くなっているような、腰骨から脇腹のあたりを撫《な》でられてくすぐったいような、錯覚というにはあまりにも確かな感覚をおぼえていることに、戸惑った。やがてお前は、自分の身体に揚力がはたらきだしているのだということを理解した。お前は持ち上がり、足が床から離れた。いちはやく異変に気づいた周囲の人間どもが、お前のそばから一歩、二歩、後じさりした。持ち上がり始めて十秒もしないうちに、お前の頭の高さは他の人間どものそれをもうだいぶ抜きん出ていた。視界が開けて、人間どもの頭、顔、肩の過密な集合状態からなる雲海をその上から眺めているような具合になった。お前に周囲の注目が集まっていた。ざわめきが起こっていた。正直なところ、お前は居心地が悪かったが、そんなことには無頓着《むとんじゃく》だというふうを装《よそお》った。漏らした小便のせいで下腹部のあたりが濡れているのが、傍から丸見えかもしれなかったが、それも気にしていない振りをした。

お前の頭は光沢のある天井の、白い表面の、管の形の蛍光灯が取り付けられている箇所の真下に近づいていった。お前はだんだんまぶしくなってきたので、頭をぶつけないようにあらかじめ伸ばしておいた腕が天井に触れると、川底に竿《さお》をさして舟を進めるような具合にそこに少し力を込めて、身体を蛍光灯のないほうへとゆっくり流した。お前は身体を水平に横たえようとして、腰からひねって、雲の中にまだ残っていた足先を抜き取って、持ち上げた。

こうしてお前は進みたいところへと誰にも遮られることなしに、つまり誰のことも煩わしく思う必要なしに進みたいだけ進める自由——本来であればすべての人間に当然与えられていてしかるべき快適なコンディションであるはずのもの、しかしこの場においては特権的なもの——を手に入れた。特別な力を賜ったのだった。恩寵《おんちょう》だ。四谷学院の広告のある柱に手をつき、軽く曲げた肘《ひじ》を押し戻して、その反作用で宙を移動できた。

自分のことを見上げている人間どもが案外多いことに、お前はちょっと驚いた。みんな、あらゆることに関心を示さない普段の態度を崩すなどという無粋なことはしないのだろう、無視を決め込むのだろうと思っていたからだ。

あのときのお前には衆目を意識していたところが多少はあったかもしれず、そしてこれはそれ故《ゆえ》にしたことだったかもしれないが、お前は自分を天井近くの高さまで持ち上げたり、そこから少し低いところまで降りたり、ということを何度か繰り返した。お前のその動きと連動して中央通路のどよめきが盛り上がったり、それがいったん落ち着いたりするのを、お前はしばし楽しんだ。思えば当時はまだ、そこかしこから携帯のカメラを向けられるような経験はしないで済む時代だった。

やがて自分の周囲に生まれていたそれよりも大きなざわめきが遠くの方から聞こえてくるのにお前は気づいた。地上へと続く階段の向こうから四人の警官が足早にやってくるのが見えた。一人がお前のことを見つけ、残りの三人に知らせている様子がうかがえた。制服姿でみんな揃《そろ》ってこっちを見ている。外見から行動からなにもかもいちいち一緒なのが、間抜けに映った。

そうと知ったら自分たちとしては懸命に職務を果たしているだけです間抜けに見えるだなんて心外ですと抗議するに違いない彼ら警官は、お前を認めて目的地点が定まるが早いか、人間どもを押しのけながら、お前が宙に浮いている位置の真下まで一目散に駆けつけた。

そこから降りてきてください、となかの一人がお前に命じた。

どうしてですか？　お前は空中から尋ねた。

通報を受けました、と警官は言った。
迷惑行為ですから、と別の警官が言った。
迷惑はかけてなくないですか？　お前は言った。ていうか、床に体積を占めてない
ぶん、むしろこの場において、これは迷惑行為とは正反対の行為だと思うんですけど。
なんにしても非常識ですから、降りてきてください。
常識を外れてるというのは確かにそうだなと思ってますけどね自分でも。でも、迷
惑はかけてない。
みんなが見てるでしょ。
みんなが見てたら迷惑行為なんですか？
だってそれは、まあやっぱりある意味でそうでしょう。
え、何それ、意味わかんないんですけど。
とにかくですね、さっきも言いましたけど、通報があったんですよ。早く降りてき
てください。いいかげん首痛くなってきちゃったしさ。
そもそもこんなふうに警察に降りろだのなんだの言われる筋合いはありません。
通報を受けたらこっちとしちゃ出動しないといけないんだってば。
それはそっちの都合でしょ。こっちのした質問の答えになってないですってば。

お前は頑として降りなかった。警官たちは手を伸ばしたところで届かない高さに浮かんでいるお前の下で手を拱《こまね》いていた。

やがて一人、二人と応援の警官がやってきて、その場に加わった。いつのまに連絡をとっていたのだろう。しかし警官の人数が増えたところで、それがこの事態に進展をもたらすわけでもなく、結局のところ、新たにやってきた警官たちが宙に浮かぶお前を見上げるのに交じったというだけのことだった。

二人一組になった駅員が、行き交う人間どもを失礼します、失礼しますと恐縮しつつかきわけて、脚立《きゃたつ》を一台運び込んでくるのが見えた。一組が警官たちのたむろするあたりに辿り着く頃に、別の一組も現れた。二つの脚立がお前の浮揚しているあたりに、お前のことを挟み撃ちするようにひろげられ、そのうちのひとつに、一番はじめにお前に降りてこいと言った、おそらくこの中ではもっとも責任者的な立場にあるのだろうとおぼしき警官が上がった。途中から加わった応援の若い警官が、脚立の足元を摑《つか》んで支えた。もうひとつの脚立の方は、立てられたもののそこに誰が上がるのか、警官たちはしばし目配せし合っていたけれども結局決められず、なので誰も上に乗っかっていないのになぜか立っている、という意図や機能のきわめてぼんやりしたものになった。

それに較《くら》べれば置かれ立てられている意図がずっと明快な方の脚立の上で、降りてください、とリーダー格風警官がまた繰り返した。さきほどまでと較べればずっとお前のいる位置との高低差がなくなったからなのか、さっきまでよりも多少、自信ありげに見える。

なぜ降りなければいけないのですか、お前もお前でこれまでの主張を曲げなかった。この場に脚立が持ち込まれたことで、周囲に伝わる大事《おおごと》感がだいぶ増幅されているようで、通路の中にいる人間どもがこちらへ注目を向ける度合いが、明らかに上がっていた。通路内の、ここからかなり離れた方にいる連中でさえ、何が起こっているのかろくに把握できていないくせに、こっちを気にしている。テレビドラマの撮影か何かしているとでも勘違いしてるんじゃないだろうか。

降りなさい。降りないです。いや降りなさい。だからどうして降りなきゃいけないんですか。迷惑だからだってさっきから何度も言ってるでしょう。どこも迷惑じゃないでしょう、どこがどう迷惑か言ってみてください。だってそれは、ここはこれだけ人通りが多いところなんですよ、こんな騒ぎがずっと続いてたら、それだけでじゅうぶん迷惑じゃないですか。だったら、あなたたちがいなくなればそれでもう迷惑じゃなくなるって話じゃないですか。いや、だからさ、通報受けたから来てるんだよわれわれは。こんな具合の、少しも進展のない攻防が、空中と脚立上のあいだで、長いこと繰り広げられ続けた。お前としては、引き下がるわけにはいかなかった、自ら引き下がることは絶対にしまいと、あのときお前は心に決めていた。それは、一度地面に戻ってしまったら最後、こうして宙に浮かぶ自由と特権を享受《きょうじゅ》することは二度とできないだろうという予感がしていたからでもあった。

はたしてその予感は正しかった。

それまで一言も発することなくただそこにいてお前のことを見上げているだけで、存在感の全然なかった警官が、急に、あのね、と実に通りの良い低い声を鋭くお前にぶつけてきた。あなたの今のそれね、その浮かんでる能力ね、それがもし突然失われて急に下に落っこちてきたら、危ないじゃないですか。そうなったらどうですか、大惨事ですよ。その危険性があるから迷惑だって言ってるんですよ。どうですか？　そんなこと絶対に起きないとあなた百パーセント保証できますか？

その言葉が、それまで揺らぐことのなかったお前の内面の、どこか小さなところを揺るがせた。それが瓦解《がかい》の、あまりにもあっけない端緒だった。揚力は、まずはじめに尻から去っていった。それによってお前の身体は空中で「へ」の字をひっくり返したようなぶざまな体勢になった。そしてその尻から重力に引きずられるようにして、ゆっくりと地面に向かって沈んでいき、お前は床へと軟着陸した。

ソソミーよ、お前に束《つか》の間《ま》与えられた空中浮遊の能力は、こうして消えたのだ。

そのあとお前は警察署に連れて行かれ、取り調べのようなものを受けたけれども、何やかやと訊《き》かれているあいだ、お前の視界全体は白く霞《もや》がかかったような状態だったし、くわえて優しい電子音のような耳鳴りもしていて、それを見たり聴いたりするのにすっかり気をとられて、机を挟んだ向こう側の人間の話していることには、まったくと言っていいほど注意を向けていなかった。憶えているのは、今後はもうああいうことはしないでもらえますか、と言われたことだ。そしてそれに対して即座に、はい、と答えてしまったことだ。

取り調べからどうやって解放されたのだったか、お前には記憶がない。視界の白いまばゆさと柔らかい電子音のような幻聴は、翌日も続いた。体力をものすごく消耗したようで、おそろしく疲れていた。当時の勤め先に連絡するエネルギーさえもなかったから、仕事は無断で休んだ。翌々日の正午近く、深い眠りから目が覚めた。そしてようやく、お前は恢復《かいふく》したのだ。

これが、お前の経験した通過儀礼だ。これ以降、お前はこのコンコースの異様な状況を前に憤るのはやめた。この中央通路の現実に自らを順応させせなければならないはずなのにそれができない自分に焦燥する、というのもやめた。心を動かすエネルギーを横浜駅中央通路関連のことに費やすのを、一切やめたのだった。

お前が少し目と意識を離していたすきに、男性は泣きわめく段階をとうにクリアーし今や荘厳《そうごん》ともいえる佇まいで静止状態を保っていた。まるで雪景色のように周囲の喧噪《けんそう》を吸い込む力を彼が備えたように、お前には感じられ、お前は嬉《うれ》しくなる。彼は着実に、強靭《きょうじん》さを獲得するプロセスを辿っているのだと、お前は確信する。左手首のG-SHOCKの盤面に目をやり、男性があぁして身体を丸めた状態を保ってもうかれこれ三分あまり経過しているのだと確かめる。お前があのとき打ちひしがれ嗚咽していたのはどのくらいのあいだのことだったのだろう。

そしてお前は気が付く。どうやら男性の身体は現在、微動だにしていない。身体をまったく動かさないでいるというだけでなく、おそらくは皮膚表面が硬化してきているのではないか、呼吸する皮膚の柔らかさが身体の表面にもたらしている、まとった衣服越しにでも見て取ることのできるかすかなそよぎが、そこから生じていないように思われる。これはいったい何だろう？　彼が蛹《さなぎ》のような状態に入ったということだろうか。それはつまり、その次の段階で男性は、あのときのお前のように宙に浮かび始めるということだろうか？

男性がこの先どうなっていくのか、お前はあと何時間かかろうとも見届けることを心に決める。

お前はファーウェイを取り出す。そしてこうつぶやく《ツイートする》。

〈人工知能を備えたモノたちは、インターネットを介して不足なく意思疎通し、世界の中でひとつの調和のシステムに所属する。一方、その以心伝心システムから排除され、意思決定を主体的というか孤立的にするしかない人間どもは、モノたちからしたら実に迷惑な存在に成り下がる。人間であることが迷惑。〉

つぶやき《ツイートし》終えて、フォロワーがまた増えていることに気づく。お前は自分のつぶや《ツイー》き《ト》のフォロワーが二桁《けた》になる日が来るなんて想像したこともなかった。

ブロッコリー・レボリューション

I

ぼくはいまだにそのことを知らないでいるしこの先も知ることは決してないけれども、きみはバンコクの日々、ルンピニー公園にもほど近い、サートーン通りを折れたところの道路に面したアパートメントタイプのホテルの部屋を日本から手配してあった、そこで過ごした。きみはまんまとぼくから逃げてぼくに知られることなく、そこはダイニングキッチンと寝室の二部屋からなる、ぼくたちが暮らしているこの部屋よりもほんの少し広いくらいだった、きみ一人で暮らすには申し分ない大きさだった、そこで無為をむさぼることを満喫していた。部屋の床は全面タイル張りだった、その上を素足で歩くと足の裏に冷たさと、そしてそれはきっと床の清掃に用いられている洗剤かもしくは定期的にかけているワックスの性質だったのだろう、ぺっとりとした感触がするのが伝わってきた。はじめのうちきみはそれを少し不快に感じていた、けれどもやがて慣れていき、それどころか次第にそれをなんとなく好きだとさえ思うようになっていった。内装はごく簡素で、殺風景とさえ言えるかもしれなかった、工夫が凝らされている点はこれと言ってなかったけれども、なによりそこにはぼくが存在していなかった、そこはきみにとってこの上なく快適だった、五日から七日に一度の間隔でハウス・キーピングが入って床のタイルに濡《ぬ》れたモップをかけてくれたのを除けば部屋には入って来る者はいなかった。

きみにとってバンコクは、ぼくから遠ざからなければ決して得られはしない安らぎを享受《きょうじゅ》する日々だった、その日々をきみは動物みたいに単純な原理だけで行動していた。朝部屋に差してくる陽光でいったん半強制的に目覚めさせられた時にはたいてい喉《のど》が渇いていた、するときみは冷蔵庫へと歩み寄って中で冷やされていたミネラルウォーターや、場合によっては炭酸水だった、グラスになみなみ注いで一息に飲み干した。炭酸水はシンハービールの会社が出している赤いラベルのずんぐりしたガラス瓶が六つ、二かける三に寄せ集められ透明で強力なシートでぴったりとひとまとまりのセットに束ねられているのがホテルのすぐ脇《わき》のセブンイレブンにも売っていた、きみはそれを冷蔵庫の中に常備させていた。渇きが癒《い》えるとベッドに戻ることもあったけれどもベランダに出ることも多かった。冷房の効いた室内から一歩外に出ると途端にぬるい大気がまるでスウェットスーツが瞬時に装着されたみたいな感じ、あるいは気が付くと入浴していたといった感じだった、きみの全身を包んだ。その湿度と温度とがきみは少しも厭《いや》ではなかった。そのくせきみは東京の夏の温度や湿度のことは心底毛嫌いしていて、きみにとってバンコクの大気とそれとは、決定的に何かが違うのだったが、それにしてもいったい何が違うというんだろう？　違いなんて何もありはしない、単にきみの心の持ちようが違うだけのことでしかない、つまりその時のきみは、それはぼくに対しての復讐《ふくしゅう》という意味合いも大きく持つものだった、ぼくはいまだにそのことを知らないでいるしこの先も知ることは決してないけれども、バンコクで陳腐なエキゾティシズムに浸って悦に入っていたのだ。ベランダには鋳型《いがた》にプラスティックを流し込んだだけの、ピンク色をしたいかにも大量生産品の椅子《いす》があった。椅子の脚は、そこに腰掛けて体重を乗せるときだけはいささか頼りなかった、わずかにたわんで数センチばかし後方にズリッ、と動いた、それに座って、きみは喫煙の習慣なんて全然なかった、それなのに羽田空港の免税店で買ってきていた煙草《たばこ》を吸った。きみは起きがけの静けさに満ちたこの時間帯に、それから夕方過ぎの空気の火照《ほて》りが鎮《しず》まり始めた時間帯にもだった、ベランダで煙草を吸いながら過ごして屋外の空気や喧《けん》噪《そう》の中に身体《からだ》や意識が溶け込んでいくような心持ちを味わっていた、そのことは掛け替えのない記憶となっていた。きみの部屋はそのアパートメントタイプのホテルの建物の五階だった、そこからは、ホテルの建物の前は車寄せ用の、しかしそれにしては広すぎるくらいの敷地があった、そののっぺりしたアスファルトの地面が見下ろせた。敷地の出入り口の脇には小さくて簡易なブースが建てられていた、その中に常駐している係員の人が聴いているラジオの音声がきみのところまで小さく届いてきた。敷地の向こうに垣間《かいまみ》見える通りからは、車とオートバイが絶えず往来していた、その音が聞こえてきた。

ぼくはいまだにそのことを知らないでいるしこの先も知ることは決してないけれども、きみはバンコクではじめのうちはこれといった予定をなんにも立てないで過ごした、一日の大半を部屋の中で過ごしていた。室内には常時、冷房が強めにかかっていた。自分のいる室内が外界と隔絶されたシェルターのように感じられているその状態が、きみには好ましかった。ぼくはいまだにそのことを知らないでいるしこの先も知ることは決してないけれども、今でもきみは、そのホテルの部屋で室内を暗くしたままベッドに横たわり、エアコンの発し続ける低い唸《うな》り声が室内に小さくこだましているのとそれよりもずっと遠くから俄雨《にわかあめ》の土砂降りが地面や屋根にボタボタ打ちつける大きくて爽快《そうかい》な音がしているのとの重なり合いを、窓のほうに身体の前面を向けた姿勢をとったり寝返りを打ってその反対の向きになったりしながら聞いていた、あの時のことを折に触れては思い出す。きみは人と会う約束も入れなかった。かつて関係を持っていた、いや、もしかしたらその関係は今もまだ続いているのかもしれないレオテーにさえ、バンコクに来たことを告げないでいた。レオテーに一度連絡したらきみのバンコクでの時間の質や意味はこうした贅沢《ぜいたく》な無為というのとは明らかに別物の何かへときっと変じてしまうだろう、きみはまだそうなってほしくなかった。

あの時のきみは、手持ちぶさたに感じられる時間があると、ぼくと暮らしている日々の中ではきみに読書の習慣なんてなかったはずだった、それなのにバンコクに一冊の分厚い小説を持ってきていたのを読んで過ごしていた。きみは、自由自在に曲がるアームのついたステンレス製の、すっきりしたとても現代的なデザインの読書灯がベッドには取り付けられていた、そのそばに横たわりながら小説を読み進めていくことが多かった。小説を読むのはその内容自体を追いたいからというよりも、それがどういうメカニズムゆえのことなのかはわからなかった、けれどもその営みがきみにきみの属している時間の手触りをより濃密に経験できる感じを与えてくれるからだった。その時のきみにとって本を読むという営みはこの掛け替えのない時間の中にいるという実感をより確かなものとしてくれる装置のようなものだった、その手応《てごた》えがしっかりとしたものになってくるときみは読むのを中断し、ただその本の硬いボール紙の感触、表面のざらざらした手触りを味わっていることも多かった。

確かにぼくは時折きみに対して、きみにとっては暴力的と感じられていたのかもしれない振る舞い方をすることがあった。ぼくは少なくとも自分では普段は平静を保つことのできている人間、とても冷静沈着な人間だと思っているけれども、これはその反動で、と言えるかもしれない、ときどきためこんでいる負の感情が処理しきれなくなって自分でもどうしたらよいのかわからなくなることがあって、そうなるとそれを、何かの対象に向けて力をふるう、という仕方でどうにかして吐き出さなければならなかった。

ぼくは、たまり込んだ負の感情をそこに向けて吐き出す、その対象になってくれる存在というのはぼくにとってきみしかいなかった、だから制御できなくなりかけた暴力的な衝動をなんとかして発散するしかない状態に追い込まれるときみににじり寄ってきみの両肩を摑《つか》み、部屋の壁や床に押し付けて身動きを取れなくしてから言葉の体をなしていないそれ以前の嗚咽《おえつ》の声の限りを上げて、怯《おび》えとぼくに対する蔑《さげす》みとが入り交じった表情を浮かべたきみの顔に向かって浴びせかけたのだった。でもぼくがきみに対しておこなった暴力的なことというのはせいぜいその程度であってそれ以上のこと、たとえばきみを殴ったりだなんてことは一度たりともぼくはしていない。それにぼくが負の感情の制御ができなくなってしまう瞬間というのは大抵きみがぼくに対して繊細さの欠ける言葉を放つ、そのことによって引き起こされていたのだった、だからそれを処理しきれなくなったぼくからそうした汚物が吐き出されるのを引き受けるべきはきみだというのは、筋違いな話と一概に言い切ることはできないはずで、それなのにきみはあの年の六月、ぼくときみとが一緒に暮らしていたこの部屋からぼくに何も言わずにいなくなった、そしてバンコクに行ったのだった。タイに行く航空券も滞在先も、ぼくに少しも勘づかれることなくまんまと手配して、その国の首都で過ごしていたのだった。あの年の六月はタイ北部の山地の洞窟《どうくつ》の入り口が降り続く雨による増水で塞《ふさ》がれて、その時たまたま洞窟内にいた地元サッカークラブの少年たちとコーチとが中に閉じ込められ出て来られなくなった、それを助け出すべく名うての洞窟ダイバーたちから構成された国際的な救命チームが現地に集結して——という一連の経緯を世界中がメディアを通し固唾《かたず》を呑《の》みつつ見守っていた時期だった。ちょうどそのとき、きみは、その出来事の渦中《かちゅう》にある国にいたのだった。

きみがバンコクに向かった日の朝、それはもしかしたら単にぼくがひどく鈍感だったというだけのことなのかもしれない、けれどもきみにいつもと変わった様子はなかった。朝食の時のきみは何も食べていなかった、コーヒーだけすすりながらぼくが食べているのに付き合っていた、そしてブロッコリー・レボリューションというボードゲームが最近ちょっと評判になってるらしいという話をしていた、けれどもぼくはボードゲームというものにこれっぽっちも興味がなかった、二人のあいだの他愛ないコミュニケーションというやつのためには、それはどんなゲームなの？　くらいのことは尋ねてみるのが当然だったかもしれない、でもぼくはその話に何も反応を示さなかった。もしぼくがあのときそのゲームについての質問を投げかけていたとしたら、きみははたしてどんなふうに答えてその嘘《うそ》を誤魔化していたのだろう。ぼくはいまだにそのことを知らないでいるしこの先も知ることは決してないけれども、ブロッコリー・レボリューションなんてボードゲームは存在していなかった、きみはぼくのことを、ぼくにそれと悟られないようにこっそりからかっていたのだろう、ブロッコリー・レボリューションというのはスクムヴィット通りに面したバンコクのカフェの名前だった。そうとわかった状態でもしぼくがブロッコリー・レボリューションという言葉を聞いたのだったらその響きからおそらく薄暗い照明の中、コンクリートが打ちっぱなしになった壁の一面にスプレー缶で描かれたグラフィティがひしめいている——というようなアンダーグラウンドでカオティックな雰囲気の店をイメージしただろう、けれども、ぼくはいまだにそのことを知らないでいるしこの先も知ることは決してないけれども、ブロッコリー・レボリューションは実際はむしろそのまるきり反対と言ってよかった、ミニマリスティックな美意識で統一されたシャープでシンプルな空間のカフェだった。

きみはぼくがその日の仕事に出かけるのを玄関口で見送ったあとで、扉を施錠《せじょう》した、それから台所に戻ってコーヒーの残りをシンクに流し捨てた。きみは午前中に羽田を発《た》つ飛行機に乗ることになっていた、それなのに、これはそんな悠長なことをしている場合ではないという時に限って沸き起こるあの非合理的な衝動のほとんど典型だと言えた、きみの使う白いマグカップの内側にこびりついていたコーヒーのしぶをきれいに洗い落としたくなって、流しの下の棚に漂白剤やクエン酸などといっしょに収納されている重曹を一つまみマグカップの中に落とし、執拗《しつよう》にスポンジでこすってかなりの程度までピカピカにした、そしてそれを水切りカゴに伏せて置いた。それから自室の押し入れからスーツケースを引っ張り出した。スーツケースを開くと、それはきみが前日に買い物をして、ここに帰ってきてからそこに仕舞っておいたというか隠しておいたのだった、無印良品の、MUJIとロゴの入った乳白色の不透明プラスティック袋が入っていた。袋の中には買っておいた商品たちが入れられたままだった。きみはそれをスーツケースから袋ごと取り出して脇にのけて、空いたスペースにまずは夏物の服を適当に見繕って詰め込んだ。きみは、どうしてそうしたのかは自分でもよくわからなかった、気に入っている服とそこまででもないものとの割合がおおむね半々になるように、手持ちの服から選んでそこに詰めていった。次いできみは無印良品の不透明な袋をようやく開けて、中身はトラベルポーチや爪切《つめき》りや綿棒や耳栓やソーイングセットだった、それらを取り出し値札や包装用の透明フィルムを取り外し、空になった乳白色のプラスティック袋の中に投げ込んだ。耳栓は機内に持ち込むつもりのものだったからデイパックのポケットにしまった、その他のものはトラベルポーチの中にひとまとめにしてスーツケースの隅に収めた。取り外された値札やフィルムがまとめられ、今やゴミ袋となった無印良品の袋は小さく折り畳まれた、そして居間のローテーブルの脇に置かれた小振りなスチール製のゴミ箱に押し込まれた。

きみは旅慣れているわけではなかったから、何を持っていくべきで何は不要なのか、自分が的確に判断できるとは思わなかった、考え込んだりしても無駄だと割り切っていた、だからとにかくてきぱき荷造り作業をした。それに以前レオテーが、バンコクには巨大なショッピングモールだっていくつもある、MUJIだってなんだってそこにはあると言っていた、パスポートさえ忘れなければ大丈夫だった。きみはスーツケースを閉めて立て起こした、それを携えてデイパックも背負ってこの部屋から出た。外から鍵《かぎ》をかけ、扉の新聞受けから中へとそれを押し込むとそれが、というよりは金属製のキーホルダーが玄関の床に打ちつけられて鋭い音を立てた。エレベーターが来るのを待っているのがじれったかったからこの部屋のある四階から地上階まで、きみはスーツケースを持ち上げた状態で駆け下りた。

もう梅雨に入っていた。いかにも日本らしいジメジメした大気を孕《はら》んだ曇り空の中をきみは駅に向かって進んでいった。この大気こそきみが毛嫌いしているもの、そこから逃げようとしているものだった、あるいはその象徴だった、そして、ぼくはいまだにそのことを知らないでいるしこの先も知ることは決してないけれども、きみはそのジメジメをぼくという存在と結びつけてもいた。そんなのあまりにもひどすぎやしないだろうか？

ぼくたちの暮らすこのマンションがある住宅地の、駅へと続く道は車の行き交いの多くない普段から閑静な界隈《かいわい》だった、この時もいつものように静かだった。きみはきみの転がすスーツケースの音がいやに大きく響いているような、このあたりの住人たちに漏れなく聞かれているような気がしたけれどもそれはただの思い過ごしだった、ぼくが時折上げざるを得なくなってきみに浴びせかけていたフラストレーションに満ちた聞くに堪えない嗚咽のほうであればその都度この界隈の迷惑になっていた、それは疑いないことだったけれども、きみの立てているキャスターの音なんて誰一人気に留めていなかった。きみは途中で何度か犬を散歩させている人びととすれ違った、その誰も彼もが品のいいスポーツウェアを身につけていた。彼らにしてもきみのスーツケースのキャスターの音なんて全然気にしていなかった。

この時きみは、もしかするとぼくが重大な忘れ物をしたとか何かで、こっちに向かって戻ってくるのではないかというのを、それは確かにゼロであると言い切ることはできないかもしれない可能性だけれどもぼくに言わせればあまりにも心配過剰だと思う、警戒しながら前方を見据えて歩を進めていた。きみはそんな心配は全然する必要はなかった、だってぼくはその時忘れ物なんて何もしていなかった、そして普段通りに殺人的混雑状況のあの電車の中で身体を押し潰《つぶ》されてバッグを、のみならず腕までも引きちぎられそうになっていた。その時のぼくは、これも普段通りのことだった、楽しみのためというよりもその極限状態によって自分に爆発が引き起こされないようにするためにというもっとずっと切実な理由でだった、イヤホンで耳を塞ぎ自分の身体が消失したかのような錯覚を生じさせることを求め可能な限りの大音量で音楽を聴いていた。

きみは駅前に辿《たど》り着くと空港行きのリムジンバス乗り場に向かうより前に、駅ビルの中でこの時間帯にすでに営業を開始している店舗というのは限られていた、そのうちの一つのスターバックスコーヒーで、そんな大きなサイズのものをコーヒーショップで頼むのなんてこれが初めてだった、ひどく喉が渇いている気がしたからだった、アイスコーヒーのグランデを注文した、そして実際一口めで透明プラスティックのカップ内のコーヒーの水位が半分ほどになるまでストローで一息に吸い込んだ。

羽田空港行きのリムジンバスの乗り場に行くと、きみと同じ便を待っている人があと二人いた。アイスコーヒーに一度か二度ちびちびと口を付けて待っているうちにバスは時刻表どおりにやってきた。きみは後ろのほうの二つ並びの座席の窓側に座りスーツケースをその隣席の足元の、前の席の背もたれとのあいだの空間にぴったり塡《は》め込むようにして置いた。やがてバスが動きだした。きみは大きな安堵《あんど》の吐息をついた。表面に無数の細かい水滴を浮かべているアイスコーヒーの入った透明なプラスティック容器を手にしたまま、きみは車窓の外を風景が流れているのを眺めていた。バスは着実にルートを辿っていき、そして結局のところ、グランデなんて頼まなくたってよかった、なんだかあっという間だった、きみは車中でアイスコーヒーにほとんど口を付けることがなかった、中身をたくさん残したまま羽田空港の国際線ターミナル前に到着した。ターミナルビルに入るときみは真っ先にトイレを探し出し、洗面台に氷の溶けきってすっかり薄まったアイスコーヒーの残りを流して捨てた、それからチェックインカウンターでスーツケースを預けた。保安検査場を抜け、出国手続きの自動ゲートを抜けた、そこでスマートフォンを機内モードにして携帯電波との接続を断ち切った、その途端、きみはその行為がきみがぼくからついに逃げ切ったことを公式にそして高らかに示すための儀式のようだったと感じられてきた、身も心も軽くなっていった。

きみは、搭乗ゲートの前に何列にも並んでいるベンチのうちの、駐機場の様子が見えるガラス壁といちばん近い列のものに腰をおろした、そこにはすでにきみをここから連れ去ってくれる手筈《てはず》になっているタイ航空の、紫色があしらわれたエアバスの機体が停まっていた。きみはスマートフォンを空港の Wi-Fi に繫《つな》いでレオテーのインスタグラムを覗《のぞ》いた、そこにアップされている写真は、どれも色合いや構図がきれいで上手だった、レオテーが撮影したものだった、ノラの犬や猫たちを撮ったものが多かった。ほかにはたとえばぐちゃぐちゃに絡《から》まり合った何本もの電線を手前に収めて空を撮ったものとかがあった、人物が写っているものはなかった。搭乗案内のアナウンスがやがて始まった。きみはそのエアバスの機内に乗り込んでいった、座席は窓側だった。着席するとデイパックのポケットの中から無印良品の耳栓をケースごと取り出して、装着した。指先で潰されて小さくなった蛍光オレンジ色の耳栓が、耳の孔《あな》の中に詰め込まれたそばから元の大きさに戻ろうとして膨らんで内壁を柔らかく押し戻していくのにともなって、きみの聴覚から外界の音がふんわり遠ざけられていった。そして、それはおそらくは耳栓によって静かな環境がきみにもたらされたからではなく、機体内部の気圧調整が行われた影響だった、きみは急激に眠気に襲われた。機体がゆっくりと動きだして駐機場を離れ、禁止事項やら緊急時の対処方法やらを伝えるお決まりのビデオが座席前スクリーンに流れるのを、きみは朦朧《もうろう》としながらもどうにかこうにか把握していた。耳栓のポリウレタンに耳の孔をぴったりと塞がれて護《まも》られているような感覚が得られていた、その中で朦朧となっているのはいい心地だった。飛行機が滑走路に入り、本格的に速度を上げていった。機体が小刻みに震えて、きみの身体にもそれが伝わってきた。きみは反射的に身体をこわばらせながら、一方で安らいでもいった。東京からバンコクへの七時間のフライトのあいだ、その朦朧とした状態がずっと続いた、機内食も食べたし映画も見たけれども、何を食べて何を見たのか、映画には赤茶けた土の剝《む》き出しになった台地を走るオフロード車にミサイルが着弾して一瞬で爆破されたというシーンがあったような気がする、食事の中にはオムレツがあってケチャップの小さな袋を裂いて開封しそれを上にかけて食べたような気がする、でもその他には記憶も印象も何も残っていなかった。きみはフライトのあいだ、これは単なる地理的な移動というのにとどまらない、タイムリープのようだと感じていた。きみの身体には速い乗り物で長距離移動する時ならではのあの、体内に濃度の高いじっとりした疲労が溜《た》まっていく作用が及んでいた、でもそれはその時のきみにとってネガティブな意味合いのみを持つものではなかった、それはきみが自分でそうすると決めて実行に移した、そのことがもたらした帰結であった、思い切りよくそうしたということに対して払われた代償だった、つまり、むしろ誇らしい清々《すがすが》しい気持ちをきみにもたらすものだった。

飛行機がスワンナプーム空港に到着して、きみはそこから入国審査のための行列に並んだのが、あいにくとてつもない長さだった。それ自体は拍子抜けするほど呆気《あっけ》なく済んだ審査をきみが終え、スーツケースをピックアップして到着ロビーに出てきた時には着陸してから優に二時間以上が過ぎていた。そのあいだにきみの身体にのしかかる疲労は度合いをさらに増していた。きみはスーツケースを携えてだいぶなだらかな傾斜の、そしておそらくそのせいでずいぶんと長い距離の動く歩道に乗って階下のタクシー乗り場まで運ばれていった。そこにはタクシー待ちの行列ができていて、そう、また行列だった、きみはそれにも並ばなければいけなかったけれども、そのことで苛立《いらだ》ったりすることはなかった。ぼくはいまだにそのことを知らないでいるしこの先も知ることは決してないけれども、きみの心はその時、ぼくが存在する世界からこうして遠のいて、長距離移動の疲労でさえ解放感の一環と捉《とら》えられるほどにまで安らぎを得ていたのだった。ようやくタクシー待ちの行列の先頭にきて発券機のボタンを押すと、番号の印字されている紙片が吐き出された、その番号が指定するレーンまでスーツケースを引いて歩いていきながらきみはその手でアスファルトを転がるキャスターから振動が伝わってくるのをびりびりと感じた。

当のレーンでは運転手がタクシーの脇に、何をしているというのでもなく、まるで稼働《かどう》の止まった機械のようだった、立ったままで動かないで休んでいた。きみと目が合うとゆっくり動き出して後部座席のドアと荷室のフタを開けてきみのスーツケースを引き取り荷室に載せてくれてから運転席に乗り込んだ。きみも後部座席に収まった。グーグルマップの画面の目的地にピンが打ってあるのが表示されているスマートフォンをきみは運転手に、表示の縮尺を大きくしたり小さくしたりしながら、そして念押しのようにルンピニー、ルンピニー、と言いながら示した。きみは、運転手は顔の表情をまるで変化させなかったから彼が目的地を理解してくれたのかどうか判断がつかなかった。それでもタクシーは発車した。運転手はスピードを出すタイプの人だった。発車後にきみはシートベルトを装着しようと試みた、けれどもどうしたわけか何度やっても嵌められなかった。それについてきみは運転手に尋ねてみることはしなかった、シートベルトは早々とあきらめて、車のスピードが座席の背もたれのほうへきみを自然と押し付けていく、その力に身を委《ゆだ》ねた。そのうち自分がぐんぐんバンコク市街の中心部のほうへと運ばれていくというイメージの中にきみは抱え込まれていった。運転手は、ビデオゲームのプレイと現実世界の運転を混同しているのではないかと思えるくらいだった、攻め込んでいくことの可能なスペースが前方に少しでも認められればその都度すかさず車線を切り替えて、縫うように他の車を追い抜いていった。運転席の中で、それはたぶん仏教に関係した何かなのだろうときみは思った、バックミラーが短い金属棒で天井から吊《つ》り下げられているところにストラップで引っ掛けられている輪っか状の装飾品がぶらぶら揺れていた。

窓の外を眺めながらきみの意識は冴《さ》えていった。次から次へと大きな広告板の、自動車のであったり、化粧品のであったり、コンドミニアムのであったりした、そのイメージやメッセージが視界に現れては過ぎ去っていった。きみはそれらの広告に登用されているモデルの男女たちが誰も彼も、容姿があまりにもあからさまな美しさだった、そのことが見ていて妙に可笑《おか》しかった。

それら巨大な広告板と混じり合うようにして、街中にはそれらと遜色《そんしょく》ない大きさで立ち姿のタイの王さまの肖像写真が高速道路を走る車からもはっきり見えるようにして、やはりいくつも掲示されていた、それらを目にしながら、きみはこのバンコクの高速道路を東京の首都高速へと、そしてタイの国王の写真を日本の天皇の写真へと頭の中で置き換えてみて、その想像の光景にぞっとしたというか苦笑した。バンコクで過ごす日々の中できみはこうした巨大なものから食堂の中に置かれたフォトフレームに収まる小さなサイズのものまで、このタイの現国王やその先代の国王や王妃の肖像写真をさまざまに、街のあちこちで目にした、そしてそのたびごとに脳内で、日本の天皇や皇族の肖像写真が東京のそこかしこに掲げられている情景へとそれを置換した。けれども、きみはそのことにある時気が付いたのだった、東京の電車の駅のプラットフォームやコンコース、それからきみがここにやってくるのに使った羽田空港のターミナルビルの中だって思い返してみればそうだった、どこもかしこもすっかりオリンピック、パラリンピックのキャンペーン広告に占拠されていた、それはある意味でもう東京はそうなっているということだと言ってよかった、きみは自分の属する場所がそんなことになっているということから逃げてきたのだった、そのことを改めて嚙《か》みしめた。

市街にいよいよ近づいてきたところで、きみの乗ったタクシーはついに渋滞に搦《から》めとられた。車内のラジオでさっきから、タイの歌謡曲がずっと流れ続けていた、それが昔懐《なつ》かしい曲なのか、それとも案外新しいのか、きみにはもちろん判断がつかなかった。高速道路の高架をのろのろと進む車の窓から、いかにも熱帯のそれだった、樹木たちが生い茂って群がりになっているのが見下ろせた。徐行のままタクシーは弧を描く傾斜路を下っていった、そして一般道路に合流した。運転手が、ルンピニー、と言った。ルンピニー公園のあたりにやって来たらしかった、だとするとさっきの樹木たちはルンピニー公園の敷地の中だったのかもしれなかった。きみは再度グーグルマップの画面を運転手に見せて、その言葉が、ここ、という意味のタイ語であるのをきみはレオテーから教わっていたのだった、ティーニー、ティーニーと言いながら目的地のホテルの位置に打たれた赤いピンを示した。タクシーはその後しばらくこの一帯を、同じところを何度も往《ゆ》き来《き》したりしながらだった、目的地をなかなか見つけられずにぐるぐるした、それでもなんとかホテルに辿り着いた。

それはその日の夜、きみが滞在先のアパートメントタイプのホテルにチェックインを済ませて、ひとしきり荷解《にほど》きも終え、寝心地を確かめるようにベッドの上に身を横たえながら、高速道路をタクシーが走っているあいだのきみが車窓から見た光景、とりわけ国王の大きな肖像写真のことを、そしてそこからきみが連想し空想した、天皇の肖像写真が東京のそこかしこに掲示されているという情景を再び思い描いている、ちょうどその頃のことだった。ぼくはいつものように俯《うつむ》きながら、ただただぐったりさせられるばかりで少しも爽快さのない疲労をいつものように心身に蓄えてこの部屋に戻ってきて、扉を開けると玄関に八分音符を象《かたど》ったキーホルダーの付いたこの部屋の、きみの鍵が落ちていた、そしてなによりも、きみが部屋の中にいなかった。この時ぼくにきみのことを案じるという気持ちがまったく生まれなかったわけではないけれども、なによりも、これはきみがぼくから逃げたということだ、とぼくが即座に察知したからだったのだと思う、苛立ちの小さな爆発がぼくの中で生じた、そのことがぼくにとって最大のことだった。ぼくはきみにメッセージを送ったけれども、そして期待などもちろんしていなかったけれども、案の定、返事は来なかった、数分経《た》って
もメッセージには既読を示すチェックさえ付かなかった。いても立ってもいられなく
なってぼくはきみの個室に入り込んだのだった、けれどもその時の自分がはたしてそ
うすることによってきみの机や棚の中のものを片っ端から漁《あさ》って何らかの手がかりを
突き止めようとしていたのか、それとも単にそれらを手当たり次第に散乱させてこの
苛立ちを発散させようとしていたのか、それはぼく自身にもよくわからない。ぼくは、
苛立ちは収まっていくどころか増幅していくばかりだった、きみの部屋の机の上にも、
そしてダイニングテーブルの上にも、書き置き一つ残されていなかった、そのかわり、
押し入れに収納されているはずのきみのスーツケースがなくなっているのを見つけた。
それが決定的なスイッチとなって抑制を失ったぼくは、押し入れの引き戸を思い切り
反対側へと滑らせて、どすん、という鋭い不穏な音を立て、それから台所に来た。水
切りカゴの中に、きみのマグカップが伏せられていたのを掴み取って、壁に向かって
思い切り投げ付けた。マグカップはそれで破砕されたから、きみがそれをピカピカに
していったということは、ぼくは知らない。
ぼくはゴミ箱の中に、それはほんのその一部を一瞥《いちべつ》しただけでもすぐにそれとわか

るインパクトだった、無印良品のロゴを視界の片隅で捉え、それが印字されている乳白色のプラスティック袋がハガキ大に折り畳まれているのを認めるとそれを拾い上げて、折り目を開き中を覗き込んだ、そして今やただのゴミと化した包装フィルムや値札などが切除された残骸《ざんがい》としてぞんざいにそこに一緒くたにされているのを目にした。そのあとだった、このぼくたちの部屋の書棚の一番上の段の一部に、それはぼくが以前に買った、けれどもまだ着手できないでいた分厚い小説がそこに挿してあったのを、きみが抜き取ってバンコクに持って行った痕跡《こんせき》だった、矩形《くけい》の空隙《くうげき》がぽっかりとできているのにぼくは気が付いたのだった。どうして小説を読む習慣なんてないはずのきみが、しかもよりによってそんな分厚いのを選んで持って行ったのか、ぼくにはまったく不可解だった。それがスーツケースの残りの容積にぴったりと収まるちょうどの大きさだったから?

きみは決して無為をむさぼることが得意な人間ではないはずだった、だってきみが何もしないでいる時間をだらだらと過ごしていたりそんな時間を欲する様子を見せたりするシーンが、ぼくには全然おぼえがない、そんなふうに生産性のあることを何もしないでいられるきみを、そのことで焦燥したり自己嫌悪《けんお》を感じたりすることもなく過ごしていられるきみを、ぼくは想像できない。けれどもきみはバンコクで、特にはじめのうちは何もしないで過ごしていた。ブロッコリー・レボリューションに行ってみようという気になりかけたことも何度かあった。けれどもスクムヴィットまで足を運ぶのはなんとなく億劫《おっくう》だったから、結局しなかった。きみは空腹をおぼえるとベッドからようやく起き出した、そしてシャワーを浴び服を着替えて部屋を出て、エレベーターで地上に降りた。車寄せの敷地を抜けて目の前の通りを歩いて行った。きみはバンコクの日々の中でいったいこの通りを何往復したのだったろう、幅が五メートルにも満たないその通りの端を歩くきみの身体のほんの二、三十センチ脇を、車やバイクがひっきりなしに通り抜けて、そのたびに接触しそうだった。はじめのうち、きみはもちろんそれが怖かった。けれどもその恐怖心は、それはきみ自身にとっても意外なほどだった、ものの数日で薄れていってすぐにきみは慣れた、そしてあっという間にもうそんなことは何とも思わなくなっていった。

食堂ならば通りにも通りを外れたところにも、いくつもあった。数百メートル歩いて行くと道の片側がふいにひらけて広くなっていた、そこには屋台がひしめきあっていた。そこからもう少し離れたところには、集合住宅のビルの地上階のピロティ部分がすっかりフードコートとなっているような場所も目にした。どこで何を食べても美《お》味《い》しかった。屋台の一皿の量は日本のと較《くら》べてどの店も、それがきみにはちょうどよかった、少し少なめだった。きみは昼も夜もタイ・フード、という日々がいくら続いても全くへっちゃらだった。世界の西側から来た旅行者たちが慣れ親しんだ味付けが恋しくなってきた、というのをきっとターゲットにしているのだろうピザやパスタの店、ステーキの店も通りには点在していたけれども、きみは関心がなかった。

きみは、バンコクに到着して数日経った頃だった、その通りにあるひとつの食堂に入った。そこは通りと店内を仕切る壁のない開放的な店構えをした、カオマンガイだけを出す店だった。壁のかわりに通りと接する部分には、厨房《ちゅうぼう》というにはあまりにもコンパクトすぎるようにきみには思えた、小さな調理ブースとでも呼ぶ方がふさわしい気がした、そこで店員が茹《ゆ》であがった鶏肉《とりにく》を長手のトングで湯気のあがる鍋《なべ》から掴み出し、まな板の上にのせると慣れた手つきでカオマンガイとして出てくる時のあの幅に、中華包丁で切り分けていた。きみはそのとんとんという音を、店内は鈍い乳白色の外光が射《さ》し込んできてうっすらと逆光になっていた、その中で聴いていた。床のタイルは白の無地でいつも清潔に磨かれて柔らかく光っていた、壁も同様にきれいな白だった、不思議なくらい白い、抽象的な印象さえある空間だった。鶏肉の茹で汁に胡椒《こしょう》をきかせて葱《ねぎ》を浮かせたスープと一緒に運ばれてきたカオマンガイは、鶏肉が驚くほど柔らかかった、そして茹で汁で炊《た》かれた米の味が優しかった。その美味しさにバンコクに来てまもない、つまりぼくから脱してまもないきみは、そんなことが起こるなんてきみ自身にとっても驚きだった、感動して目に涙が滲《にじ》んだ、そしてきみはバンコクにいるあいだ、その店には頻繁に通うことになった。店員の何人かとも顔馴染《かおなじ》みになっていった。けれども言葉が通じないのはお互いはなからわかっていた、それに店員たちも皆シャイだった、会話を交わすことはついぞなかった。来店するたび彼らと会釈《えしゃく》をしあっただけだった。

食事を終えてアパートメントタイプのホテルへと通りを戻る、その途中にある床屋の前にはいつもさまざまな果物を山のように積み並べた露店が立って床屋の前をすっかり塞いでいたけれども店内はいつも蛍光灯がついていた、ケープをぐるりと着けて椅子に座らされている客とおぼしき人の姿があることもあった、営業していないわけではなかった、なにより店の入り口脇の壁部分には、回転する筒に斜めに走る青・白・赤・白のストライプが施されたあの床屋の看板が取り付けられ、稼働していた。その露店の果物屋できみはよくマンゴーやグアバ、パイナップルや竜眼を買った。毎回必ず買っていたのはドラゴンフルーツだった。きみはバンコクの日々、冷蔵庫に冷やしておいたドラゴンフルーツをおもには朝食時にヨーグルトと一緒に食べた。ドラゴンフルーツは切ってみると果肉が赤いときもあったし、白いときもあった。どちらの色なのかは切ってみるまで分からなかった。味の違いはなかった。少なくともきみには違いが分からなかった。買った果物をアパートメント・ホテルの部屋に戻って冷蔵庫に入れると、そのほかにするべきことは特にもうなかった、きみはまたベッドに横になった、そしてぼくの書棚から抜き取ってきた分厚い小説を読み進めることもあったし、そうでないこともあった、いずれにしても遅かれ早かれ、午睡の中へ落ちていった。その午睡を終えると窓の外の光の色は日没近くのそれに変じていたり、激しい俄雨が降っていて全体がどんよりとした鼠色《ねずみいろ》になっていたりした。目覚めた時きみは大抵空腹をおぼえていた。ぼくはいまだにそのことを知らないでいるしこの先も知ることは決してないけれども、食べては寝ている、ただそれしかしていないのにお腹《なか》が空《す》いていることはきみに甘美な背徳感を与えていた。きみはベッドの上で身体をムズムズ動かした。俄雨がひどくなければ、そして十七時を過ぎていたら、きみは分厚い小説を携えて何か食べるために部屋を出た。タイはお酒の販売が十七時以降にしか許可されていなかった、それより早い時間に食堂に行ってもビールは飲めなかった、そんな法律ができたのは今の軍事政権になってからだときみは後にレオテーから聞いた。ぼくはいまだにそのことを知らないでいるしこの先も知ることは決してないけれども、そのタイの法律は十七時という時刻に対して日本では帯びることの決してないだろう特別な意味を与えていた、そのことを今も時々きみは懐かしく思い出すことがある。エレベーターで地上へと降り、あの通りを歩いた。夕方の風は日中に較べると大人しかった、ほとんどやんでいることもあった。そんな時は陽射しが弱まっていても、蒸した空気がむしろ昼間より暑く感じられた。

きみは食堂で一人で食べる時には店の入り口が見える向きに座っているのが好きだった。通りの風景は、きみのいる室内空間には天井、床、左右の壁の四辺があったからそれらに切り取られてフレームの中の絵画や映画のようにも見えた、きみはそれをいつまでだって見ていられる気がした。食堂には大抵テレビがあって、あの時期はサッカーのワールドカップがロシアで開催されていた、毎日のように試合が放映されていた。きみはサッカーにはまるきり興味がないから知らなかったけれどもそれは一次リーグの試合だった。通りを眺める向きに座っているきみにとってテレビは背後だった。画面を見ずに済んでも、実況音声は耳に入ってきた、でもそれはタイ語だった、アナウンサーがどれほどわざとらしい絶叫を上げようと、それはきみの感覚を直接逆《さか》撫《な》でしてこない、きみの分からない言葉だった、それはとても助かった。一人でいるのは気楽でよかった。一人だと、メニューにいくつもおいしそうなものがあるのを見つけても注文するのはせいぜい二品、たとえばシンハービールをひと瓶と、それに加えて豚挽肉《ぶたひきにく》のラープとソムタムを頼んだら、それでお腹が満たされてしまった。ソムタムは辛かったし、ラープも辛かった。ときどきちょっとした不注意で、唐辛子の小片を食べてしまうこともあった。きみの舌はひりついて、それはしつこく口の中にこびりついて、簡単に水やビールで洗い流せるわけではなかった。口の中が燃え続けて涙ぐんでいるのを、店の人に笑われることがあった、するときみは冗談めかして犬が暑さに苦しんでいる時のように舌を出してへえ、へえと息をしてみせたり、手のひらをうちわにしてその舌にぱたぱたと風を送る仕草をしてみせたりした。店にいる時に俄雨がやって来ることも珍しくなかった。店の入り口のドアが開け放たれていると激しい雨の音で店内のテレビの音声が掻《か》き消された。きみは雨が止《や》むのを、止まないにしても小降りになるのを、残ったビールに時々思い出したように口をつけながら、小説を読んでやり過ごした。雨脚が一向に弱まる気配を見せないこともあった、その場合は待ちくたびれてしまって結局ずぶ濡れになって帰った、でもそれも悪くなかった。

ずぶ濡れになりながら戻った時はもちろんホテルの部屋に直行したけれども、そんな場合でもなければきみは帰る際はいつもホテルの前はいったん通り過ぎてすぐ隣のセブンイレブンに寄ってビールや炭酸水や、朝食時にフルーツと一緒に食べるための明治ブルガリアヨーグルト、それからビールのつまみになるものとしてきみはあの時はメガネをかけた髪ぼさぼさのおじさんが笑顔をしてみせているイラストの描かれた豆菓子がお気に入りだった、そういったものを買った。そのおじさんはその豆菓子会社の社長をマスコット・キャラクター化したものだった、それも後にレオテーから教わったことだった。部屋に戻るとその豆菓子をかじりながら、あるいは、セブンイレブンの軒先にいつも出ている屋台があって、そこではコロコロと丸い、酸味の効いたソーセージが売られていた、豆菓子のかわりにそれをつまみにしてきみは、涼しい室内でテレビのニュース番組を見ながらということもあったし、外で激しい雨が降っている時にはベランダに出てピンクのプラスティック椅子に身体を預けつつその力強い現象のできるだけ間近に身を置いてということもあった、ビールをゆっくり飲んだ。きみはビールは白いラベルのシンハーと緑のラベルのチャーンとを交互に買っていた。味の違いはきみにはあまりわからなかった、ほかにもタイにはレオというビールがあった、でもそれは少し甘ったるすぎる気がしてきみは一度しか試さなかった。そんなふうにビールを飲みながらある晩、きみは洞窟内に閉じ込められたままのサッカークラブの少年たち十二人とコーチ一人とが元気に生存している様子をイギリス人のダイバー二名がそこまで潜入していって撮影した、その映像に見入った。

雨が勢いの強さやちょっとした風向きのせいでときどき、あるいはしょっちゅうだった、ベランダの中へと降り込んできてきみの膝《ひざ》や腹や首もとや顔の一部を濡らした。ベランダから見渡せるこの風景全体の中の建物の屋根という屋根、道路という道路に雨滴が打ちつける音の総体はホワイトノイズだった、きみは、ピンクのプラスティック椅子にもたれて土砂降りの世界のすぐ脇に身を置いてその激しさを味わっているのは爽快だった、その時間を心ゆくまでむさぼった。雨の轟音《ごうおん》の中、その雨の一端に触れて濡れることで、きみの身体の輪郭が曖昧《あいまい》になっていくのに、きみは逆らうことなく、むしろしなだれかかっていた。

その頃きみは未明の三時や四時、ときどき二時ということさえあった、必ず一度は夜中に目が覚めていた。タイと日本とのあいだに横たわる時差は、ほんの二時間だった、けれどもきみにはそれが食べ過ぎたあとに感じる胃もたれのような確かさで身体の中に存在しているのがわかった。その時のきみは、深夜に眠れずにいても困ることは何もなかった、それを解消させなければならない事情なんて何一つなかった、だから気の向くままに時差ぼけを体内にずるずる残して、怠惰さを一種の贅沢品としてむさぼっていた。

その時のきみには、きみが得ていた解放感を無性にぼくに見せ付けてやりたくなることがあった。すると思わず、酔いに任せてこの豪快な雨に包まれたバンコクの路地をベランダから見下ろすアングルで動画に収めたものを、あるいは食堂や屋台の料理や、シンハービールを片手にしたきみの姿を自撮りしたものを、ずっときみが無視を決め込んで放置していたぼくからのメッセージへの返信として、送り付けそうになった。けれどもきみはそれは結局、すんでのところで自制した。だからぼくはきみがバンコクで食べた料理のことも、飲んだビールのことも知らなければ、きみがバンコクに行っていたことさえ知らない。

ぼくはきみに対して、心配したらいいのか怒りをおぼえればいいのか、気持ちのそんな基本的なところでさえ定めることができない状態で過ごしていなければならなかった。それがどれだけ辛《つら》いことか、どれだけ苛立たしいことか、はたしてきみは分かっているんだろうか？　あの時ぼくはきみに完全に無視され続けていると感じていた、そして実をいえば今だってまだぼくはずっとそう感じ続けている。きみのほうはどうなんだろう？　どうせ、そんなことは全然意に介してないんだろう。きみが戻ってこないこと、メッセージの返信さえ寄越してこないことがぼくに与えた苦痛・不安・心配・ストレス・フラストレーションについて、きみは少しくらいは想像を馳《は》せるべきじゃないんだろうか？　きみがいなくなったあとの日本は、それはまるできみがそれを時限爆弾みたいに仕掛けていって自分だけそこからずらかり、ぼくのことをその不快さの只中《ただなか》に置き去りにしたかのようだった、暑さも湿度も耐え難かった。その連日の酷暑については、ぼくはきみにメッセージを性懲《しょうこ》りもなしに送り続けていた、その中で繰り返し言及していた。それについて触れる際にぼくはその暑さ・不快さをはたしてきみと共有できている前提で書けばいいものなのかどうか、それがいつも分からなかった、だからこっちは暑いよ、という書き方をしたこともあれば、暑いね、と書いたこともあった、だいたいその二つを交互に使い分けていた、そう、ぼくはそんなにも気を遣ってその都度のメッセージをきみに向けて送っていたのだった、それなのにきみは近況であれぼくに対する気遣いの言葉であれ、それどころか気持ちの全然こもっていない挨拶《あいさつ》のテンプレートのコピペのようなものでさえ、ただの一度も返信を寄越さなかった。ぼくはきみの肉声を聞きたいと思って音声通話も何度か試みた。きみが応答することは、もちろんなかった。音声通話はやがてかけなくなったけれども、テキストのメッセージに関してはぼくは送りつけることをやめなかった、それはこのぼくのしつこさがきみを辟易《へきえき》させているだろうことを期待していたからだった、つまり、きみに対する当てこすりとしてだった、ぼくは陰気にほくそ笑んで、執拗にメッセージを送信し続けたのだった。あの間ぼくはずっと部屋の冷房を強めにかけて、寝ているあいだもそのままにしていた、おかげで体調を崩しかけた、でもそんなのどうでもよかった、ぼくは、それはもちろんきみのせいだった、自暴自棄だった。

ぼくにはそれは知りようもないけれども、きみは、それからほどない七月のはじめだった、記録的な豪雨が西日本を襲った、その大災害のニュースを一体どういう気持ちで受け止めたんだろう？　もしかしたらきみはそれを単に世界のそこかしこで絶えず起きているさまざまな惨事のうちのひとつというふうにしか捉えなかったのかもしれない、そもそもそのニュースをきみは知っていたのか？　知ってさえいなかったのだとしたらそれはひどすぎる、ふざけるな、勝手にしろ、ぼくはあの時、きみがいなくなったこの部屋の中で被災地の土砂崩れ、水浸しになった家屋や店舗や公共施設、避難所となった体育館、途方にくれたり憤懣《ふんまん》やるかたない様子の人々、を映し出す報道番組に一人きりで見入っていた、するとやがて京都が映った、鴨川が氾濫《はんらん》していた、濁った流れの勢いは画面越しに見ていても恐ろしくなってくるほどだった。ぼくたちは一緒に京都へ旅行したことがあった、その時に見た鴨川は透明な水を湛《たた》えちょろちょろと流れていた。川べりを歩いていると鴨《かも》の親子がよちよちと川を渡っているところに出くわして、鴨川ってほんとに鴨がいるんだ！　とぼくたちは驚いたのだった。その鴨川とこの時の画面の中の鴨川は似ても似つかなかった、切り替わった画面に映った七十代くらいの女性が、カメラの背後に立っているらしいレポーターに顔を向けながら当惑の表情をあらわに示していた、インタビューに答えていた、生まれてこのかたずっと京都に住んでますけど鴨川がこないになったんを見たのは初めてです、その次に溢《あふ》れた水にすっかり覆《おお》われた河川敷が映って、ぼくは、それはあの旅行でぼくたちがそこで並んで腰掛けて缶ビールを飲んだからだった、それが三条大橋の下の河川敷だとすぐにわかった、これもやはりあの時とは似ても似つかない情景だった。テレビカメラは普段よりも川幅のひろがった茶色い鴨川の獰猛《どうもう》な流れを、橋から見下ろすアングルで撮っていて、濁った水の流れが画面の左下から右上へと激しくうねっていた。もしこのカメラが首を上げて水平の向きになったら、そしてそこからカメラを右方向にパンしたら、そこには橋を渡りきった先に青と白のローソンの看板が、そしてガラス壁の向こうの蛍光灯の光に照らし出された店内の様子の一端が映り込んだことだろう。あの時ぼくたちが三条の河原で飲んだ缶ビールはそこで買ったのだった。ぼくは、あの時はぼくたちと同様川べりで飲むためのビールをそのローソンで調達する人たちが何組もいた、それに対して今の店内はどうなっているのだろうかと気になったけれども、画面はずっとそのままだった、濁流となった鴨川を橋の上から見下ろすアングルで捉えた映像だった。

ぼくは、まったく唐突にオウム真理教の麻原彰晃《あさはらしょうこう》と幹部たちの死刑が執行されたことが報じられた朝もこの部屋にひとりきりでいたのだった。もしもあの時のぼくの精神がきみへの心配と憤《いきどお》りとが綯《な》い交ぜになったような状態にさせられていなくて、通常の平穏な状態を保てていたとしたら、ぼくはきっとそのニュースにものすごく動揺させられていたんじゃないか。地下鉄サリン事件が起きたとき、ぼくは子どもだったとはいえすでに物心のついた年齢ではあったから、異様な教団が大都市の中心部を網羅する地下鉄の車内やコンコースなど何箇所もに無差別的に毒ガスをまき散らしたと聞き、それを想像してたまらなく怖くなったし、そのときおぼえた恐怖の感覚はまだ鮮明に記憶してもいる。でもそれ以上に、その後の麻原が決め込んだ、禍々《まがまが》しい集団的無差別殺人の実行を指示した動機のほんとうのところについて世の中が納得するようなことは何一つ語るまいとする態度を、裁判のあいだは密着するように、死刑判決が出てからのちにも忘れた頃にときどき、といった具合にメディアが取り上げるのに触れるたび、ぼくはまるでなにかべっとりとした恐ろしく醜悪で臭い匂《にお》いのするもの、つまりちょうど糞《くそ》のようなものと透明の薄い仕切り壁越しに至近距離で直面させられているような、めったにおぼえることのない異様なグロテスクさにのしかかられている気分にさせられた。

メディアを通して描写される麻原は、拘置所内で狂気に陥っているようだということだった、そして、けれどもそれはどことなく嘘の狂気、インチキの狂気、稚拙に演じられているだけの狂気のようでもあるとのことだった。そうした報道に触れるにつけ、これはもちろんぼくの勝手な憶測でしかなかった、でもぼくにはそれが彼の、世の中が事件の真相を知りたい、麻原から何かほんとうの言葉を聞きたいという期待を抱いていることに対して応《こた》えてなどやるものかという意志、自らを何も語らない巨大な闇《やみ》のようなもしくはブラック・ホールのような存在に仕立てあげようとする魂胆なんだろうという気がした。処刑のニュースを聞いた時のぼくは、麻原が死んだということはつまり彼は自分のその魂胆を貫徹した、最後まで世の中を嘲弄《ちょうろう》し続けることに成功したということだなと、なんだか冷静に思ったのだった。

ぼくはその頃、寝ているあいだに厭《いや》な夢にうなされてあらん限りの叫び声を上げて目を覚ましたことがあった、目覚めた時には夢の内容はもう憶《おぼ》えていなかったけれども、その夢によってもたらされた激しい怒りはぼくの中にはっきり残っていてぼくを支配していた、そしてぼくの全身に脂汗《あぶらあせ》を浮かべさせていた。ぼくは、ベッドの右側が壁と接していた、そこに思い切り拳《こぶし》を打ちつけた。その箇所は今もこうして、壁全面に斜めからの光が射した時に小さな影の窪《くぼ》みが生じるのが見て取れるほどに、へこんでいる。この壁は、おそらく内部に空洞のある構造をしているのだろう、力の限り殴りつけたのにスカスカした手応えしか返ってこなかった、感じる痛みも生ぬるかった。音にしてもゴツンと響くような硬質さとは程遠いボフッという締まりのないものだった、そんなことではその時のぼくが得たいと思っていた自虐《じぎゃく》的な充足感のようなものが全然得られなかった。ぼくはどうにも物足りなかった、それで繰り返し壁を殴ったけれどもダメなものはダメだった、何度やっても手応えも音も決定的に物足りなかった。その欲求不満に耐えられなくてぼくは、さっきのは夢にうなされて無意識で上げた叫び声だった、それと同じくらいのあらん限りの大声を今度は意識的に発した。この部屋の隣にも階上にも階下にも、どんな人たちなのかはよく知らないけれどももちろん住人がいる、その時のぼくだってそのことを忘れていたわけではなかった、ただ、そんなの知ったことではなかった。けれども実際に叫び終えてから途端に羞恥《しゅうち》に襲われた。そうなることは始めからわかりきっていた。喉《のど》に痛みが残っていて、それは自分が叫んだことが気のせいではなく事実である何よりの証拠だった。壁に叩《たた》きつけた拳の、指の付け根部分のところの骨が山の連なりのように並ぶ、その頂上部分それぞれの表面が擦り切れて、そこから血が滲んでいた、そこが空気と触れてひりひりと痛みはじめていた。さっきまでのむしゃくしゃした気持ちは、そうした羞恥や痛みによっていつの間にか萎《な》えていた、このくらいのことで容易《たやす》く消えてしまう、その程度の平凡で矮小《わいしょう》なものだったのだ。ぼくは部屋の蛍光灯を点《つ》けた、そしてしばらく息をひそめるようにしていた、ぼくのさっきの叫び声に対する怒りがドアの前まで誰かがやってきて扉を激しく叩くとか、上の階の人が床を強く打ちつけてぼくの部屋の天井が険悪に鈍く唸《うな》るとか、あるいはうるせえ！　という怒鳴り声が返ってきたりするのではないかと待ち構えて、びくびくしていた。けれども何も起こらなかったし誰もやってこなかった。直接ぼくに言ってくるのではなく警察に通報したりしているのかもしれないなという考えが頭をよぎり始めた。そしてだんだんどうでもよくなってきた。拳のひりひりした痛みが強まってきたように感じた。それで押し入れの下の段にある薬をまとめて収納している小さな棚の引き出しを開けて軟膏《なんこう》を取り出し右手の甲の傷口に塗りたくったのだった。改めて見た傷口にはミニチュアの水たまりの模造品のような、透明な凝固したものができていた、そこにわずかに赤色が差していた。軟膏でテカテカになった傷口は見た目がより痛々しくなったような気がした。ぼくはそれを写真に撮った、そしてきみに送り付けた、それをきみが見ようと見まいと、見て何を感じようと、どうでもよかった、きみのせいでこうして自分の身体《からだ》を傷つけたのだというのを見せつけることはきみに一撃を食らわせたと確かに感じることのできる行為だった、だからぼくは一時的なものであったにすぎないけれども、大きな満足を得た、そしてそのおかげで、次の日だってぼくは朝のうちに家を出なければいけなかったからそれは必要なことだった、もう一度眠りに就くことができた。

きみは、狭い通りにのろのろとしか進まない車が列を成しているのもその脇《わき》をこれみよがしに原付バイクが次から次へとすり抜けているのも、いつもと変わるところがなかった、昼過ぎに行きつけのカオマンガイの食堂に向かうところだった。バイクのエンジンの回転音と車のアイドリングの音とが無数に集積したものが、この風景の基調音になっていた、その中を時々エンジンをけたたましくふかして通り過ぎていくのが、アクセントとなっていた。きみは、こうした音風景をもううるさいと感じなくなっていた、空気中に排気ガスがまぎれているのは手に取るようにわかった、そのこともまったく意に介していなかった。陽光が行き交う車体ひとつひとつの、どの表面にもまぶしく当たって、白い照り返しをまき散らしていた、通りはそこかしこギラギラしていた。きみは通りの真上から一羽の鳩《はと》がゆっくり降り立とうとしているのに目を留めた。鳩は下降時の独特のなにかを手繰り寄せるような翼の動かし方で上空からスムーズに無頓着《むとんじゃく》に、アスファルトへと着地した。くすんだ色の軽自動車の車体がその数メートル奥から、バンパーやナンバープレートの表面やへりに強い陽光の白くてまぶしい染《し》みをちりばめながらのろのろと、けれども確実にせまってきた。きみは息を呑《の》むのと同時に視線を目の高さあたり、中空の、どこというのでもないところを泳がせながら、息を止めていた。きみは心の中で鳩に悪態をついた、なんてマヌケなんだよ、何考えてんだよ、そんなマヌケな鳩、日本にはいないぞ！　やがてきみが覚悟していた通りに鳩の轢《ひ》かれる音がしたけれども、その音はきみがあらかじめ思い描いていたような生々しいグロテスクなぐしゃ、べちょ、といったものではなかった、そして通りの喧噪《けんそう》の中でさほど際立《きわだ》つこともなかった、意想外に軽やかな、ぽんっ、という空気の詰まったビーチボールが破裂したときのような音だった。きみは、その音の軽やかさのせいだった、たった今轢き殺された鳩の体を肉の塊というのではなく、袋のようなものとしてイメージした、けれども意を決して視線を路上に戻すと、そこに横たわる動かない鳩の身体はぺしゃんこに圧《お》し潰《つぶ》されているわけではなくてちゃんと立体感があった、やっぱり肉の塊だった。

きみはレオテーに、それはホテルの前の通りに並ぶたくさんの食堂のうちの、魚介のメニューが豊富なレストランで食事をしているときだった、実は数日前からバンコクにいるとようやくメッセージを送った。看板が、ランジェリーショップかと見紛《みまが》うようなけばけばしいピンクと黒の組み合わせからできていた、きみはそれが最初に気になって、店の前で足を止めたのだった。店の前にはいくつもの生《い》け簀《す》がこれみよがしに配置されていた。店内の様子がガラス壁を通して窺《うかが》えた、店員は看板と揃《そろ》いの色づかいだった、ピンクのポロシャツの上に黒いエプロンを着ける揃いの格好をしていた。店は賑《にぎ》わっていた、店員たちは忙しそうに動き回っていた、でも空きテーブルがあるのも見えた。店の入り口のドアの前に譜面台が置いてあり、そこに冊子のメニューが載っていた、一端が細いワイヤーにくくりつけられ、それで譜面台とつながっていた、それをきみはパラパラとめくった、そして中に入っていった。生け簀は店内のそこかしこにも置かれていた。空いているテーブルのひとつにきみは通された。テーブルの並ぶ空間の向こうに厨房が見えた、そこは半分屋外と言ってよかった、屋根はあったが路地とのあいだの壁がなく、道端に並べられた生け簀にそのまま往き来できて、おそらくそれはとても機能的だった。

きみは、メニューを見た時シーフードが充実しているのに惹《ひ》かれて店に入ったのだった、それなのに注文したのは結局ソムタムと豚のラープ、あとはもちろんシンハー、だった。魚介のメニューは一人で食べるにはどれも量が多すぎるように思えたのだった、きみの席から離れた大人数用のテーブルが賑やかに囲まれていた、その卓上をきみは遠目に覗いた、ひしめき合ういくつもの料理の中のひとつが、丸ごと一匹の魚が煮てあるやつだった、煮汁のスープともども金属製の四角い大きな深皿にそっと寝かされていた、とても一人で頼むものではなかった。

それでレオテーのことを考えたのだった。きみはきみのスマートフォンを、店の壁に貼《は》られていた白い紙にパスワードが書いてあった、それを入力してWi-Fiに繋いだ、その途端いくつものメッセージを受信した。その大半はぼくが寄越したものだった、文言こそ毎回多少なりとも違っていたものの、今どこで何をしているのか教えてほしい、それだけ分かれば構わないから、きみのことが心配で心配で気持ちが落ち着かない、要するに内容はまるで代わり映えしなかった、きみが既読のチェックを付ける以上のことを一度だってしないから、それであれば潔《いさぎよ》く諦《あきら》めてそれ以上メッセージはもう送らないことにすればよいものを、そんな潔い振る舞いがぼくはどうしてもできなかった、きみからいくら無視を決め込まれようとしつこく次のメッセージ、さらにその次のメッセージと送り続けることしかできなかった、そのみっともなさの賜物《たまもの》に他ならないそれらが、それをぼくが生み出した際の衝動もすっかり醒《さ》めきったあとになってだった、擦り切れて血の滲んだぼくの手の甲の写真も一緒にだった、そうやってきみに届いたのだった。きみはきっとそこに映り込んでいる手がぼくのものであることは、一瞥してわかったはずだ。

きみは、頼んだ料理が来るのとレオテーから来るかもしれない返事の両方を、シンハーを飲みながら待っていた。ソムタムが運ばれてきて、それを箸《はし》でつつき始めるとレオテーからの、一番はじめは、！！！！！！！、それから、驚きのあまり非現実的なレヴェルにまで顔が歪《ゆが》んだ禿《は》げているおじさんのイラストのスタンプ、そしてその次は、いつ来たの？　いつまでいるの？　どこにステイしてるの？　という疑問形の連続攻撃だった、返信が来た。きみは、滞在はルンピニーのあたり、と答えてから、グーグルマップの画面は空港から乗ったタクシーの運転手に見せたときのまま、ホテルの位置にピンが打ってある状態だった、そのスクリーンショットを送った。さっきの店員が今度はラープを持ってきてくれた。ソムタムもラープも酸《す》っぱくて甘くて辛かった、最初に足早に舌に触れてくるのは酸っぱさだった、タッチの差で二着なのが甘さだった、それから辛さが順位を気にせずマイペースでじわじわ忍び寄ってきた、全員の到着を味わうとシンハーでリセットした。きみは、レオテーからまたメッセージが来た、ちょうどそのへんにわたしのフェイバリットの梅酒バーがあるから一緒に行こうよ、その誘いを受けるのに少しだけ逡巡《しゅんじゅん》した、けれどもそれは少しだけだった、そして結局、行きたいと返事した、するとすぐ、禿げているおじさんが今度は驚喜して飛び跳ねているスタンプが画面に現れた、嬉《うれ》しさのあまり歪んでいるおじさんの顔は紅潮していた。きみは続けて、ブロッコリー・レボリューションにも行きたい、と書いたけれども、それにはレオテーは乗ってこなかった、送られてきたのは、同じ禿げのおじさんが親指と人差し指でつくったL字を顎《あご》の下に添えて難しい表情をしているスタンプだった。きみは話題を変えた。今レストランにいて、煮てある魚のメニューとかがおいしそうなんだけど、大きいポーションのは一人だと注文できなくて悔しいから今度一緒に食べたい。ぼくはいまだにそのことを知らないでいるしこの先も知ることは決してないけれども、こうしてきみはレオテーと会うことにしたのだった。

きみのあの時滞在していたホテルは、おそらくもともとは集合住宅として建てられたのが時代状況の変化に合わせてレジデンス・タイプのホテルへと営業形態を鞍替《くらが》えしたものというふうに見受けられた、フロント部分はカウンターと狭い通路しかなかった、ロビーのある造りにはなっていなかった。そしてきっとそのかわりに、というふうにホテルの玄関口には建物の外壁から数十センチも離れていないところに熱帯の樹木たちが並んで植えられていた、その枝葉がつくる日陰が顔と身体に差す位置になるように、いくつかの椅子《いす》が並べられていた、それらもきみの部屋のベランダに備え付けられていたピンクのと同様の、鋳型《いがた》にプラスティックを流し込んでつくられた大量生産用のやつだった、そのひとつにきみは腰掛けて部屋の冷蔵庫から炭酸水の瓶を取り出して持ってきていたのを飲みながら小説を読み進めていた、レオテーが車でここまで迎えに来るというのでそれを待っていたのだった。きみは、レオテーがテキストメッセージにはいつも即座に返信をよこすのに待ち合わせに約束の時間通りに来ることはまずなかった、待ちぼうけならすでに何度か食らっていたからその性向はよくわかっていた、それなのに約束の時間にはもうそこに出ていた。それからすでに三十分以上は経っていた、そのあいだにも日陰は少しずつ位置をスライドさせていた、けれどもきみの顔から日陰が逃げてしまうようなことは起きていなかった。数匹の蚊がきみのまわりを飛んで、ショートパンツから露出している太ももやふくらはぎ、ビーチサンダルの上でむき出しになっている足の指の甲、Tシャツからのぞく腕や首に取り付いていたけれども、日本の蚊よりもひとまわり大きいせいでなのか動きがのんびりしていた、追い払うのも叩き殺すのも拍子抜けするくらい容易だった。もたれているプラスティックの椅子の座り心地は、あの時きみの身体はそれにすっかり順応していた、そのせいもあって申し分ないものだった。きみは眠気を催していった。手にしている瓶の中の炭酸水は、水位はもう二センチにも満たないほどだった、やがて気が抜けたぬるいただの水へとあえなく変じていった。

ホテルの敷地のはずれ——玄関口を出てすぐに右に折れ、そのまま突き当たりまで行ったところに、吹きさらしの空間だった、上部にごく簡易な屋根として緩やかに波を打つ形状の表面をした強化プラスティックの板が架けられているだけのところに洗濯機が三台横並びになっているエリアがあった。見た目はいかにも家庭用の縦型洗濯機だった、それにコインを二十バーツぶん投入すると稼働《かどう》するよう仕掛けが施されていた。スタートさせると洗濯槽の中に水が溜《た》まり始めた、そして残りの稼働時間を意味する30という数字が表示された、けれどもきっかり三十分後に戻ってきても洗濯は全然終わっていなかった、それを二度ほど経験したきみは、それからは一時間以上優に経ってから取りに行くようになった。きみは三日に一度のペースで洗濯していた、使ったのは常に一番左の洗濯機だった。一番右のやつは四六時中、衣服は入っていないし蓋《ふた》も開いているのに洗濯槽に水が溜まっていた、きっと故障しているのだった。真ん中の洗濯機は一度だけ空いているときがあったけれどもその時を除くといつもたくさんのバスタオルが中に突っ込まれ、くぐもった電動音とともにゆっくりちゃぷちゃぷと攪拌《かくはん》されていた。

2

きみは、いつのまにか眠っていた身体を揺り動かされて目を覚ました、耳のあたりや頬、首のあたりが汗ばんでいた。もたれていた椅子の位置はすっかり日なたとなっていた、西から差す夕陽になりかけの光を無防備に浴び続けていた自分の身体がきみにはじんわり火照《ほて》っているようにも、汗をかいたぶんひんやりしているようにも感じられた。眠る前にきみが飲んでいた炭酸水の瓶は、寝ているあいだのきみの脚が倒したのに違いなかった、きみのそばにごろんと横たわっていた、周囲にこぼれていたはずの水の跡もすっかり乾ききっていた。きみを揺すったのはレオテーだった、サングラスをかけていた、きみの読みかけの分厚い小説を上に向けた手のひらにのせてきみの目の前に立っていた、読みさしの箇所にはさんでいたはずのしおりひもが外れて背表紙の前でひらひら揺れていた。レオテーが、その手のひらをわずかに上下動させる、秤《はかり》が重さを量っているようなしぐさをしてみせながら、この本は持ってるだけでエクササイズになるねと言った。重さが何キロかは知らないけれど、値段は高いよものすごく、と言ってきみはレオテーの手のひらから本を取り戻し、裏表紙を上に向けた、そこにはアラビア数字で価格が印字されていた、その箇所をほら七千円、と言いながら指で示した。

それからきみとレオテーは、レオテーが隣の椅子に腰掛けた、そして二人それぞれが椅子を後ろ手に持ち上げて日陰までほんの数歩のことだけれども移動し、そこに横並びになって、レオテーが隣のセブンイレブンで買って持ってきていた缶のシンハービールを飲んだ。ビールはとてもよく冷えていて、レオテーから手渡された時にもうその缶の冷たさは手のひらからきみの腕の中に食い込んできた、そして最初の一口は、起きがけに水も飲まずにいきなりビールを口にしたきみの脳をめくり上げるようだった。レオテーがきみに訊《き》いた。日本のこないだの豪雨で家族や友達は大丈夫だった？きみは、レオテーのほうがよっぽどあの西日本豪雨の被害について気に掛けていた、それに引き替えほとんど何も感情を抱いていないと言ってよかった、それを改めて自覚した。

心配してくれてありがとう、わたしの知る限りわたしのまわりで被害に遭った人は誰もいないよときみは答えてから、そっちのニュースのほうがよっぽどきみにとっての関心事だった、洞窟《どうくつ》に閉じ込められているサッカーチームの少年たちの話題をレオテーに向けた。救出計画は着々と進められていた。世界的な潜水のエキスパートたちが狭く入り組む難所だらけの洞窟内を敢然と進んでいって、一人のコーチと十二人の男の子たちがもう何日も足止めを食らわされている地点まで、辿《たど》り着いていた、そして少年たちの元気な姿を撮影した、そのビデオ映像も公開されていた。少年たちとコーチは洞窟を抜け出すための、特殊部隊員の指導による潜水訓練を受け始めた、それが数日前のことだった。ＳＮＳでは彼らが無事に救出されたら間違いなくハリウッドがこの話を映画化するっていう憶測が飛び交ってるよとレオテーが言った。みんな好き勝手に妄想している、監督はクリント・イーストウッドがいいだとか、だったら主演はマット・デイモンだなとか。マット・デイモンは洞窟ダイバー？　それともコーチ？　コーチのほうが適役かもしれないね、だってマット・デイモンはよく取り残される役をやってるでしょ、と冗談めかしてレオテーが言った。ホテルの敷地に赤いボディのスズキの軽自動車が一台駐《と》まっているのが一際目に付いていた、案の定それがレオテーのだった。きみは残っていたビールを飲みきった、レオテーが、今日はこれから旧市街に行こうと言った。渋滞につかまったとしてもきっと一時間もあれば着くはず。シーフード専門ではないんだけど、何を食べてもおいしいレストランがあって、もちろんシーフードもおいしくて、そこを予約してあるから。レオテーがビールを飲みきった。これで運転したら飲酒運転だよときみは言った、するとレオテーはきみを見て笑った、そして立ち上がった。

ふたりは赤い車の運転席と助手席に並んで乗った。レオテーがエンジンをかけるとエアコンが入り、それと同時にセットされていたCDから音楽が、女声ヴォーカルのメロウなロックだった、曲の途中から流れ始めた。車は通りに出たそばから渋滞だった、のろのろとしか進まないきみたちの車の脇を次から次へと原付バイクが追い抜いていった、荷台部分に客を乗せて走るバイクタクシーも多かった。そのままのペースで進んでいくうちやがてカオマンガイの食堂の前に差し掛かった。このお店のカオマンガイにはまっていて、ほぼ毎日食べに来ているよときみはレオテーに言った。レオテーはきみに、どうしてバンコクに来たのかは尋ねてこなかった、けれどもバンコクで何をしているの？　とは訊いてきた。きみは特に何もと答えた。観光もしてないの？　寺院で仏像を見るとか、水上マーケットに行くとか、チャオプラヤー川の遊覧船に乗るとか。してないね、それにこれからもそういういわゆる観光はきっとしないと思う。興味がない。でも、食堂とか屋台でご飯食べること、それだけでもじゅうぶんわたしにとっては観光してると思えるし、あとはたとえば、来てみるまで知らなかったんだけどタイって夕方の五時になるまでビールが買えないでしょ、そういうことでもわたしにとってはじゅうぶん、一種の観光体験になってるとは言えるよ。一種の観光体験、ときみが言ったことをレオテーはぼそっと、そして少し鼻で笑うような感じで繰り返してから、そんな法律、ビールを部屋にあらかじめストックしておけばいいだけのことだよと言った。それに、外国人相手にクラフトビールを出しているような店だと、酒類の提供が禁止ということになってる時間帯でも余裕で飲める、タイの社会はダブル・スタンダードだから。わたしにとってはその法律に従うのがちょっとおもしろいなと思ってる、ときみが言うと、その法律ができたのはクーデターが起きて軍事政権になってからのことだよ、ずっと前からそうだったわけじゃないとレオテーがどこか突き放すような口調で言った。きみがはたしてそのことに気付いていたのかどうかは知らないけれども、その時のレオテーはきみの、ローカルな規則に縛られてみることは一種の観光みたいなものだなんていう呑気《のんき》な旅行者の特権を振りかざすような物の言い方に対して少し不愉快になったんだとぼくは思う、そしてそれはもっともなことだと思うよ。車はきみが徒歩で通い慣れたあの道の行き止まりに差し掛かった、そこを右折して三車線のバイパスに入った、道幅がぐんと広くなったにもかかわらず渋滞は相変わらずだった。きみは、車の中でかかっている音楽が耳に心地よかった、渋滞に巻き込まれるといつもおのずと醸《かも》し出されるあの退屈感がこの時ももちろん漂っていた、それにとてもマッチしている気がした。ダッシュボードの脇の備え付けのカーステレオの手前のところに平板な小さなスペースがあった、そこにCDジャケットが寝かされていた、若い女の子三人が映っているやつだった、きみはそれを手に取った。ケースをひらいてみると、中身はきみの予想していた通りに空だった。表面に書かれたアルファベットのバンド名をきみは声に出して読んだ、ジェリー・ロケット、これがバンド名？ レオテーが頷《うなず》いた。いい音楽だね、それに今のこの渋滞のシチュエーションにとても合ってるしときみが言うと、レオテーはさらに大きく頷いた。外界は、大気が灰青色の光を気が付くと帯びていた、それが車のテールライトや信号機といった人工的な光源たちをいちだんと際立たせて見せるあの時間帯が訪れていた。運転席と助手席に並んで座るきみたちの視界の、前方の路肩にぐしゃっと押し潰された一台の車が止まっていた、原形をほとんど留めていなかった、車体は焼け焦《こ》げて真っ黒だった。この事故現場、先週ここを通った時も同じ状態だったよとレオテーが言った。いつ片付けられるのかな、いつまでこのまんまなんだろうね。

きみたちは、車はバイパスをようやく抜けてさらに広々とした道幅の大通りへと出ていた、それでもまだ渋滞だった。道路を埋め尽くす車がなかなか進んでいかないその列を構成する一台の軽自動車の中で、運転席と助手席とに並んで座って、構造物・看板・店々・人々に目をやりながらぼんやりと過ごしていた。きみたちに見えているのは、バンコク中心部の現代的かつ商業的な建築物が三次元的にひしめきあうさまだった。車内の空間はおそらく空調によって、そして音楽、ジェリー・ロケットによってでもあった、いい具合にまったりとしていた、外の風景とはすっかり切り離された、まるきり別空間に感じられた。きみたちはその空間で、音楽と走行音と、あとは都市がかき鳴らす喧噪が少し遠くからやって来てそれらとわずかに混じり合っていた、その状態が無頓着に持続していただけだったと片付けることもきっとできてしまうあの時間の中で、絶えず会話をしていたというのではなかった。きみは助手席でシートを一段階ぶんだけリクライニングさせていた、それでかえって身体の凝っている感覚が意識されてしまっていた、だから背骨の軸に後ろに押し開くような力と、それとは反対の、前に押し出すような力とを交互に込めながら、車窓越しにひろがる都市の情景のいたるところに、立ちポーズを取っているタイの王さまの巨大な肖像写真が掲げられていた、それらにまたもや目をやっていた。即位して間もない現国王の、きみには顔のつくりも体軀《たいく》も全体にごつごつと角張ったようだと感じられる肖像も見つかることは見つかった、けれどもそれよりもメガネをかけた柔和そうな、それでいて肖像としての厳粛な表情を兼ね備えてもいる先代の王さまの、背筋の伸びた立ち姿が掲げられている割合のほうがずっと多かった。きみは、バンコクに到着した日にスワンナプーム空港からタクシーに乗っていたあのあいだもこんなふうにタイ国王の肖像が次から次へと、風景のそこかしこで姿を現していた、それをこれはちょうど映画やテレビドラマの中で見た者の耳に残るようにという企《たくら》みをはらんでテーマ音楽が全編にわたって執拗《しつよう》に繰り返される、それと同じような手口だなというようなことをぼんやり考えながらだった、疲労もあいまったどこか麻痺《まひ》したようなぼんやりした感覚の中で、けれどもこうしてくっきり記憶していることを可能にするくらいには意識を注いで眺めていたのだった、それはいまや懐《なつ》かしい感じさえする記憶だった。そしてきみは、あの時のきみがもしも東京の街のいたるところにちょうどこんなふうに天皇や皇族の肖像写真が掲げられていたらという空想をしてもいたことをあわせて思いだした。

あれは、はじめのうちは軽率な、架空のパラレル・ワールドを無邪気に夢想するといった感じのものだった、けれどもそのうちきみはそれがまったくの荒唐無稽《こうとうむけい》な夢想というわけではない気がしてきたのだった。現実の東京がそこかしこ天皇の画像で溢れかえっているわけではもちろんなかった、けれどもオリンピック・パラリンピックに関する公式の、もしくは非公式なものであってもそれと結びつけようとしている魂胆のあからさまな視覚的イメージであれば、実際にすでに溢れかえっていた。ぼくはいまだにそのことを知らないでいるしこの先も知ることは決してないけれども、きみはそれを出国時に羽田空港の中でもいやになるくらい目にした。ターミナルビルの中は壁や柱、ボーディングブリッジの外壁にいたるまでオリンピック・パラリンピックの公式ロゴマークの付いたキャンペーン、もしくはあからさまにそのイメージと結びつけられている広告だらけだった。そこには、スポーツ全般に疎《うと》くて興味がないきみであっても知ってるくらい有名な、メダル獲得が期待される日本人スポーツ選手たちが取り上げられているポスターも多くあった、けれどもそれだけではなかった、それは大会が開催される頃までに人々の感情移入の対象になれるだけの知られた存在に彼らを仕立てんとする、あからさまなメディア戦略だった、パラリンピック競技の日本代表選手であったり、オリンピックであってもマイナーな競技の選手であるせいで一般にはほとんど知られていない、けれども有力なメダリスト候補であるらしいアスリートたちもたくさん起用されていた。きみはそれらに強制的に出くわさせられ、きみの視界の中、意識の中にそれらを入れさせられた、けれどもそれを楽しめた、それはその時のきみが出国してそこから抜け出す直前の、昂揚《こうよう》した状態の只中にいたからだった、まさにそうしたものに溢れる場から逃げ出し、関係を断ち切ろうとしているものとしてそれらを眺めることは痛快だった、だから耐えられた。そしてきみが今いるこのバンコクの街のそこかしこに現れるタイの新旧の国王の肖像写真は、きみにとってはそうしたウザさは何もなかった。そうした場所までやって来られていることに対する安堵《あんど》の感情をきみは改めて噛《か》みしめた。けれども、レオテーにとってここはどういう場所なのだろう？　それをきみは、尋ねることはできなかった。きみたちはだいぶ長いあいだ沈黙を続けていた。

その沈黙を破ってレオテーがそういえば日本は残念だったねと言った時、きみはなんとなく咄嗟《とっさ》に、内心を読み取られたかのような気分になった、けれどもそういうことではもちろんなかった、レオテーが言っていたのはサッカーのこと、日本がワールドカップで敗退したことだった。タイはどうなの？　ときみは訊き返した、するとレオテーが笑った。タイはワールドカップに出てないよ、アジアの予選の段階で負けているから。そしてレオテーは話し続けた。このあいだタイの首相が洞窟に閉じ込められているサッカーチームの男の子たちに激励のつもりで、救出されたらその時はロシアまで彼らをワールドカップを見に行かせてあげようと言ったんだよ。でも男の子たちの中には政府がタイ国籍を与えてない少数民族の生まれの子がいる。その子がパスポートを持つことができないのは誰による仕打ちなのか、その張本人だというのにそんなふうな調子のいい軽口を叩いて——。きみは、レオテーの声の感じがごくわずかにだったけれども急変したのがわかって、運転席のほうを見た、するとうっすらとレオテーは泣いていた。だいじょうぶ？　ときみは声を掛けた。そして右手をそっとレオテーの左肩に乗せた。レオテーは無言で頷き首を傾けて、肩の上のきみの手の甲に側頭部で軽く触れた。それからきみたちはまた、しばらくの間無言で過ごした。気懸かりなことなんて何一つないかのような気楽な態度と表情をいつもは保っているレオテーがときどきこんなふうにいきなり涙ぐむことがあるのは、きみは知っていた。それは決まってタイの政治体制や社会のありようへの憤りが言葉になってあふれ出るときだった。きみは、レオテーが彼女自身の個人的なことが理由で泣くのは見たことがなかった、レオテーが泣くのはいつもこんなふうに、世の中で虐《しいた》げられている弱い立場の人々のことを思うときだった、それを目《ま》の当たりにする時、いつもどうしたらよいか分からなくなった。

きみたちの走っていた舗装道路は旧市街に近づいていくにつれて車線が増えて幅広になっていった。きみたちの車がのろのろと旧市街に向かうにつれて空が少しずつひらけていくことと、その空の藍色《あいいろ》が徐々に濃くなっていくこととがあの時のきみには二つの別々のことではなくて、合成されたひとつの事象のように感じられていた。そして渋滞が、ようやく消えていった。きみたちの進行方向の右手に遠巻きに、いかにも往時の西洋趣味モダン建築といった雰囲気のある建物がきみの目に入ってきた。それはファランポーン駅、バンコクのセントラル・ステーションの駅舎だとレオテーが教えてくれた、そちらのほうへときみたちの車は近づいていった、それにつれてその建築物の正面の、輪郭のくっきりしたアーチ状の大きな半円を擁する姿が見えてきた。そこを通過すると大通りはゆるやかなカーブに差し掛かった、そこをレオテーの運転は、それは普通そのくらいのカーブを曲がる際にはスピードはこの程度までは落とすのではないかときみが漠然と抱いているイメージよりずっと速かった、ほとんど減速しないで走り抜けていった。きみは周囲の風景が水平の円周上をスライドしていくように見えるのを、身体に遠心力がかかっているのとともに感じていた、それはきみのことをバンコクに着いた夜の回想へとふたたび向かわせた。あの時も空港から市街地へとタクシーでやってきて、高速道路の本道をルンピニーへ向かうインターチェンジで降りる際、曲線半径の短いきついカーブの連絡路をタクシーの運転手はほとんどスピードを落とすことなく抜けていった、そしてきみの身体はこれとほとんど同じ遠心力を受けた。どうしたわけかあの時は、乗っていたタクシーの後部座席のシートベルトは何度試してみてもバックルにカチッと塡《は》まらなかった。

カーブを抜けると、もうそこはほとんど旧市街だった。ナナというところに今から行こうとしてるんだけれども、とレオテーが言った。サイアムのそばのギラついた歓楽街のナナではないよ、その有名なほうのナナとは似ても似つかない、静かでコージーなソイ・ナナが旧市街、ヤワラートのあたりにあるんだよ。でもきみは、有名ないかがわしいほうのナナのことも知らなかった。街並みはもうすっかり旧市街のそれになっていた、車を運転するレオテーは、通りに並び立つ建物群の中に立体駐車場が現れた、そこへと入っていった。ゼロの形のような長円状の螺旋《らせん》の傾斜を昇っていって二周もしないうち、空きの駐車スペースが見つかった、そこに車を停めると、きみは分厚い小説をずっと膝《ひざ》の上に載せていた、それを座席の上に残して車を降りた、そして、レオテーが今昇ってきたばかりの傾斜をスタスタ歩いて降りていくのについていった。

きみたち二人がそこからしばらくのあいだ歩いたさまざまな小路《こうじ》、通り、界隈《かいわい》のうちの、はたしてどれがソイ・ナナだったのか、きみは結局いまだにわからないままでいる。レオテーは、おそらくはただ単についうっかりしていたというだけのことだったのだろうけれども、今どこを歩いているのかということは全然きみに教えてくれなかった。きみにしたって、通りの名前の記された標識には確かタイ語表記の下にアルファベットだって小さく併記されていたはずだった、だからその気になればきみにだって自力で認識できた、それなのにそれらに注意を向けるという考えを思いつくことさえなかった。道端にはときどき犬がいた。ぺたんと腹部全体を舗道にくっつけて全身を弛緩《しかん》させていた。どれ一匹として首輪をつけていなかったから、きっと野犬なのだろうときみはその時思っていたし、今もそう思っている。みな一様に今日という日の昼日中のしんどい暑気がようやく鎮《しず》まったのでほっと一息ついているとでもいったような風情《ふぜい》だった。果物の屋台の前を通り過ぎた時、きみはレオテーに訊いてみたいと思っていたことがあったのを思いだした。ドラゴンフルーツは赤いのと白いのとにどんな違いがあるの？　するとレオテーにびっくりされた。違いがわかんないの？　味が全然違うじゃん。切る前の見た目に違いがないからどちらの色のなのか切ってみないと分からなくない？　ときみは言った。そんなことない、見分けだって簡単に付くよ、とレオテーに言われた。わたしは赤のほうが断然好き、味が濃厚だから。あっさりしたのが好きな人は白のほうが好みなんだと思う。

きみたちがぶらぶら進んでいた歩道が、T字の突き当たりに行き着いた。その目の前の建物はガレージみたいな雰囲気だった、正面のシャッターは半開きだった、でもその隣のシャッターは全開だったから、そちらのほうからきみたちは覗《のぞ》き込んだ。そこは壁面も床も、コンクリートがむき出しになっている飾りっ気のないがらんとした空間だった、そこに大小さまざまな仏像がいくつもぶっきらぼうに置かれていた。組み立て式の金属フレームの棚の、上のほうの段には一般家庭の仏壇に置くのに手頃なサイズのやつが雑然と並べられていた。その中のいくつかは、ごろっと横に転がされていた。床には青い厚手のビニール・シートが広げられていた、その上に高さも幅も優に二メートルを超す、結跏趺坐《けっかふざ》したブッダの像がどっしりと置かれてあった。こんなふうに仏像がごろんと、お堂にじゃなくてこういう空間、まるで商品の在庫置き場みたいなところに置かれてある様子は初めて見たよときみが言うと、まるで、じゃなくて実際商品だからね仏像だって、とレオテーがにやにやしながら言った。こんなの見たのはわたしも初めてだよ。きみたちはそのガレージの様子をそれまでは、中に脚を踏み入れて良いものかどうか躊躇《ためら》いながらずっと歩道から窺っていた。けれども、奥のほうで人の気配がした、やがて、店の人が現れた。レオテーはその人のほうへと向かって行って、しばし会話を交わしてから戻ってきて、あの大きいやつは二十万バーツだってと言った。そしてきみたちは店を出た。Tの字をレオテーが左のほうへ進んで行った、きみはそれについていった。

そして、今にして思えばその先にあった小路、あそこがきっとソイ・ナナだったんだろう、そこに並んでいた店構えのいくつかならば、きみは今も鮮明に憶えていた。店の軒先がいくつもの観葉植物、きみがわかったのはブーゲンビリアだけだった、あとは名前の分からない、肉厚のふくよかな葉をしげらせているのや、長く細い葉が地面から真上に伸びて、その先端部分が自重によってなまめかしく垂れているのといった、どれも熱帯のイメージをいかにも喚起させるものだった、大きな鉢で飾られていた。あれはレストランだったのかもしれないし、バーだったのかもしれない。入り口の扉は開け放たれていた、そこから垣間見《かいまみ》えた店内にもやはり鉢が、床に置かれているものもあったし、天井から吊《つ》られてそこから伸びた葉が大きくぶら下がっているものもあった、むせ返るようにふんだんにあしらわれていた。それとは別のおそらくはあれもバーだったのだろう、ガラス壁越しに暗い店内の様子が窺えたのだったけれども、はじめきみにはそこが真っ暗に見えたのだった、けれどもそこにはごく小さな光量の暖色の照明がカウンターの天板に落とされていて、その反射によって客やバーテンダーの姿の輪郭がぼんやりと浮かび上がっていた、きみにはそれは少し経《た》ってから判明した。この小路をレオテーは、初めて来たというわけでもないのに、きみよりもよっぽど観光客みたいだった、あちこち熱心に見入りながら歩いていた。

　さらにしばらく歩き続けて、足の疲れや喉の渇きや、そしてなにより空腹が感じられてきた、そのちょうど良い頃合いだった、きみたちはお目当ての食堂に辿り着いた。このお店はエアコンがないんだけれども、それでいい？　とレオテーがさっきもそうしていたことがあったように、にやにやしながら訊いた。きみは、今さらそれを言われても、と笑いながら言った。あまりにもお洒落《しゃれ》すぎるかもしれない、ちょっと鼻持ちならないかもしれないくらいの小路を通り抜けてきた先にあるこの食堂の店構えは打って変わって無頓着でさっぱりしていて、それが可愛《かわい》かった。入り口の扉は通りに向かって開け広げられていた。天井に備え付けられている大きなファンがゆっくり回転して室内の空気を地道に攪拌していた。きみたちの席は木製の濃い茶色の小振りな、けれどもいかにも頑丈そうな脚を持つ二人がけテーブルだった、その上にそれよりも少しだけ薄い色の、やはり木でできた素朴な仕様のリザーブサインの板が横たえて置かれてあった。何を注文するか、リクエストはある？　きみには前日に気になっていたあの、深皿に入って出てくる料理、白身の魚まるまる一尾を煮たのの上にライムの薄切りが乗っかっているやつへの執心は別にもう残っていなかった、だからレオテーにまかせた。

厨房《ちゅうぼう》のそばに立つ店員に向かって次から次に注文を告げるレオテーの声は全然大きくなくて、むしろか細いくらいだった、それなのに不思議とよく通っていた。はじめにシンハービールがやってきた、そしてきみたちは乾杯した。やがてレオテーが頼んだ料理が、全部で六皿だったか七皿だったか、きみたちのテーブルに続々と運ばれて来た。きみは、そのあととても酔ったし、そしてそれだけのせいというわけでもないけれども、あの時きみたちがどんな料理を食べたのだったかについて、ほとんど記憶がない。一つだけおぼえているのはタマリンドのスープだった、それはきみにとって完全に新しい味覚だった、タマリンドの強烈な酸味が爽《さわ》やかで、まるで搾《しぼ》り取るかのようにきみの口の中を収縮させるのを、適度にシンハーを差し挟みつつきみは味わった、そのことは、たとえきみが忘れたとしてもきみの舌と口腔《こうこう》が忘れることはないだろうと思えた。きみのグラスが空いているのを見るとレオテーは、すかさずビールを注ぎ足してくれた、だからきみもレオテーのグラスに、おんなじようにした。Uっていうビールを知ってる？　とレオテーがきみに訊いた。きみはまだそれを知らなかった。Uは、売ってる会社は結局シンハーなんだけれども、ラベルのデザインがシンハーとは全然違くて、若者をターゲットにしてある意味シンハーのセカンド・ラインみたいな。値段もシンハーより少し安いからわたしは良く飲んでる。まあ、Uはおいしくないっていう人もいるけどね。きみはあの時、目の前のレオテーの顔が次第に赤くなっていく様子、表情が緩んでいく様子を観察していた。きみたちはあの時何本のビールを空けたのだろう。レオテーはテーブルの飲みかけのシンハーの瓶の中身をさりげなく、しかしぬかりなく把握していて、空になる前にすかさず追加で注文していた。食堂のすぐ外の通りは、もしかしたらその界隈はいつもそんな感じなのかもしれなかったけれどもやけに静かだった。そこからなにかしら感じられる時、それは大抵野犬か風のどちらかだとすぐにわかった、でもときどき、正体がわからずじまいの何かであることもあった。

ぼくはいまだにそのことを知らないでいるしこの先も知ることは決してないけれども、きみは、テーブルに差し向かいに座っているレオテーが見るからにすっかり酔ってきている様子だった、そしてそれを見ることによってきみ自身もまた酔っているということも、またそれなりに把握しながらだった、わたしはこうしてバンコクに来たのは、観光したかったとかでは全然なくて、ただ単に日本にいたくなかった、日本にというか、日本でのわたしの生活の環境にこれ以上留まっているのは無理だった、だからここにやってきて、そしてそれはとてもとても居心地がいいとぼくのことについては全く言及することのない巧妙に言葉を濁した仕方で、レオテーに告げた。そしてそれを聞いてレオテーが、わたしもどこか行きたいよ、東京とかに行って、日本の政治とか社会の事情なんて関係ないお気楽なツーリストのご身分で、きみが東京で感じることの決してできない居心地の良さを心ゆくまで味わいたいよ。

そして酔っていたきみたちは、そこに暮らす人々にとっては不快きわまりない代物《しろもの》でも、旅行者であったらそれはその地ならではの味わいとして楽しめてしまう、そのことの鼻持ちならなさについても、そしてそれが持つポジティブな可能性についても話した。いっそのこと世界中の人間みながツーリストになったらいいんじゃないだろうか。世界の権力者たちは一致団結して世の中の仕組みをそういう方向にデザインしたらいいんじゃないだろうか。人が自分の暮らす土地、自分の属する文化に囚《とら》われががんじがらめになってしまうことの弊害をもしも数値化できたとしたら、そうした状態は解きほぐされ打開されたほうがよいという計算結果がきっと出るに違いない。そんなことを具体的にはたしてどうやるのかはまるで見当が付かないけれども、それはともかくとして何らかの手立てを用いて世界中の人間すべてに、強制的に旅行させる。もしこの計画、人類総ツーリスト化計画が実現すれば世界はきっと、間違いなく、よりよいものになるだろう。世界のありとあらゆる社会に満ちあふれている、と断言して構わないだろうストレスの根源、その内部で生きる者にとっては苦痛でしかない事象が、そのネガティブな局面の度合いを軽減させていき、むしろ反対にそれが持つ観光体験としてのポジティブな意味合いをより発揮させることになるだろう。

そして、きみはそんなことが起こる前触れのようなものは一切察知できていなかった、だからきみにとってはなんだかあまりにも突然の出来事、単に不可解な豹変《ひょうへん》に映った、レオテーが、こんな生ぬるい話をこれ以上いくらしたって不毛だよ、意味がない、バカバカしいというか、ムカついてきた、と吐き捨てるように言った、それできみたちのあいだに醸成されていた、と少なくともきみには感じられていたトロンと弛緩したような、きみにとっては居心地の良かったムードはいきなりピシャッと水を差されて、途端にこわばったようになってしまって、きみはそれに怖《お》じ気《け》づいたり動揺したりするというより、ただ単に困惑するだけだった。人類総ツーリスト化計画？そんな戯《ざ》れ言《ごと》をこうして話しているわたしたちそれ自体が最悪だよ、ほんとにくだらない。レオテーは、もうシンハーには口をつけていなかった、今や飲まれることはこの先二度となくなったのかもしれない、ただだらしなく発泡するだけの黄金色の液体というふうになってしまったのが中にまだ半分以上優に残っているグラスの、ずいぶんと厚みのある底の部分に親指と人差し指をあてがっていた。いけすかないよ、本当に。こんなふうにいい気分になって飲み食いして、全人類がツーリストになる、それだけで世界はベターになる、とかなんとか安全な立場から好き勝手なこと言っているだけ。ものすごくいけすかない。そんなの全部わたしたちミドルクラスが暢気《のんき》にのたまうどうでもいいたわ言だよ、ほんといやになるよ。こんな屁《へ》理屈には絶対にどこかに致命的な欠陥がある、でもわたしたちはそんなことにさえ気付くことができない。世界がまるで見えていないから。絶望的なまでに無知で、賢くなくて、そしてなにより鈍感だから。恥ずかしいよね。

　きみは、レオテーが静かに、しかしはっきりと激している様を前にして、困惑が増すばかりだった、レオテーの使う、ミドルクラス、という単語を、きみ自身だってそこに属しているのだった、それなのにそのようなものとして引き受けることができないでいた。だから正直言ってずいぶんとトンチンカンな、こんな反応をきみはしたのだった、何をそんなに怒ってるの？　レオテー、きみも今度東京に来ればいいよ、東京でなくても他のどこにでも、好きなところ行きたいところに行けばいいんだよ。レオテーは、まだグラスを指でいじっていた、グラスの全面にびっしりと水滴が付着している、そのうちのごく小さな特定の箇所を親指の腹で執拗にこすっていた、そのせいでそこだけ、曇っているのがすっかりきれいに拭《ふ》き取られていた。レオテーはまた静かに泣き始めていた。まだ何か言葉をかけるべきであるように思っていたきみは、けれども泣いていることについて言及するのは構わないのか、それともそんなことはするべきではないのかを考えあぐねていた、それなのにどういうわけでだったのか、言葉が口を衝《つ》いて、つい出てしまった、ねえ、レオテーは泣く必要なんてないのに一体何に対して泣いてるの？

　わからないよそんなこと、とレオテーは反射的に吐き捨てるように言ってからきみをじっと見た、それから独り言のようにぼそっと呟《つぶや》いた、泣いてるのはたぶん、自分の無力さに対してだと思う、わかんないけど。そういうことが今はあんまりちゃんと考えられない、考えたくない。だいいち今は酔っていてそんな問題を考える能力もないし、その気力も湧《わ》かないし。レオテーは椅子の上で上体を大きく一度揺り動かした。その際の体重移動で椅子の脚がふと浮き上がり、それから再び床に戻った。食堂全体に響き渡るほどの大きさというわけではなかったけれども、がたんっ、と耳に残る音が鳴った、でもそんなことはレオテーはちっとも意に介していない様子だった、ぼそっ、ぼそっと話し続けた。酔ってるからというのは単なる言い訳だけどね、たとえしらふでもわたしにはなんにも分かっていないんだし、なんにもできないんだし。世界のこのどうしようもないこんがらがりをほんの少しでもほぐすにはどうすればよいのかについての洞察を働かせる力なんてわたしはこれっぽっちも持ち合わせてないのであって、そのことをわたしはものすごくわかっているのであって、そしてそのことに、いつもというわけではもちろんないけれどもわたしはときどき深く絶望して、今みたいに、どうしたらいいか分からなくなる。ときどきレオテーは鼻をすすり上げた、その音は店の中にいる人にもちろん聞こえてしまっていた。まじまじときみたちのほうを見ている人は誰もいなかった、けれどももちろんすすり泣きの音は決して大きくない食堂の中の雰囲気に影響を与えてしまっていた、それは明らかだった。話題がなんだかいつのまにかシリアスになってしまったね、もっとどうでもいいような内容の話をするほうがよくないかな、ときみは言った。でもそれに対してレオテーは、だってそれは現実がシリアスだからしかたないよねと即座に応じて、なんだか取り付く島がなかった。

レオテー、きみは、ミドルクラス、に属しているということに対して、とてもコンシャスなんだね。そう言ったその時のきみの、ミドルクラス、という単語を口にする素振りにはまるで、これまで一度も触れたことのないもの、自分とは無関係なものを扱うかのような覚束《おぼつか》なさ、ぎこちなさが醸し出されていた。そしてそんなきみの態度に憤慨したのは当然のことだとぼくは思うよ、レオテーは、え？　だってそうだよね？　ミドルクラスだよねわたしたちは？　わたしはタイのミドルクラス、あなたは日本のミドルクラス、違う？　違わないよね？　それは否定できない事実だよね？　きみから視線を外すことなくそう言ったレオテーの静かな迫力に気圧《けお》されながらきみは、確かに言われてみればわたしもミドルクラスだというのは、その通りだと思う、でも、これは言い訳に聞こえてしまうかもしれないけれども、わたしは、そしておそらくわたしだけじゃなくて大抵の日本人は、自分がどのクラスに属しているかという自覚がたぶんものすごく希薄で、それがいいことだと思ってるわけでは全然ないよ、ただ事実としてそうなんだよ、階級って概念を自分たちの社会のことを考える際に当てはめてみることとか、階級って言葉を使って話したりすることとかに、不慣れだから、そういうのがしっくり来ないんだよね、ごめんなさい、とかなんとか言ったのだったけれども、あのさ、きみはそんな言い分がレオテーに対して通用するとその時、思っていたわけ？　だとしたらそれは、ぼくに言わせれば甘ったれてるよね、笑止千万だよ。もちろんぼくにはわかるよ、きみが言ったのがきみにとってはその場しのぎの言い逃れというわけではないというのは、本心を正直に吐露したんだというのは。

でもそれはレオテーには理解できないことに違いないよ、日本人じゃない、日本で生活しているわけでもないレオテーにはね。きみの言い分なんてレオテーには、社会的階級の存在という絶対的な現実から単に目を背けているということ、その現実を見ないようにしていることとしか映らないはずだよ、きみにはそんなことも分からなかったのか？　そんなことも分からないようだったら、きみは日本から出るべきじゃない、悪いことは言わないからここに戻ってきたほうがいい。ここがきみのいるべき場所なんだから。本当のところ、きみにはここしか居場所はないんだから。

というか、レオテーは日本の事情をどれだけ知ってるの？　レオテーは日本に来たことはあるの？　もしかしたら来たことがあって、きみたちが知り合ったのはその時だったの？　きみたちはどういういきさつで知り合ったんだ？　ぼくはいまだにそのことを知らないでいるしこの先も知ることは決してないけれども、というのもそれは詮索《せんさく》するつもりがぼくにはないし知りたくなんてないと思っているからだけれども、だってもしそのことをうじうじと問題にし始めてしまったら、ぼくは絶対ダメになる、苛々《いらいら》がわき上がってくるのをどう対処したらよいのかわからなくなる、いてもたってもいられなくなってしまう、しかるべきやり場なんてのが存在しないあの衝動に襲いかかられてしまう、そんなみじめさの泥沼に自分のことを自分で招き入れるような真《ま》似《ね》は、ぼくはするつもりはないからね。こうしてこの部屋からきみがいなくなって、ぼくはもうじゅうぶんすぎるくらいにみじめなんだから。それにしても、なんて卑怯《ひきょう》な手口なんだろう、外国に行くなんて。しかもどこに行くのかを、いや、行くということさえもぼくに告げることなく行くなんて。きみはこんなにみじめに鬱々《うつうつ》としながら日々を過ごしているぼくのことを知らない、想像してみようとさえきっと、これっぽっちもしていない。ぼくが送ったメッセージに対してだって何一つ反応を返して寄越さない、それを一瞥《いちべつ》してほくそ笑むのがせいぜいか、いや、どうせほくそ笑むことさえしてないだろう、きみの心にそれを引っ掛からせることなんか全然しないでスルーして、そんなことはお構いなしにバンコクの開放的な空気に身も心も浸して、そしてどこの馬の骨なのかぼくにはちっともわからないそのレオテーとやらといちゃついている、そうだよ、ぼくに言わせればその時きみたちは表面上は諍《いさか》いをしているようだった、けれどもそれは実のところは、いちゃついてたわけだろう？　だってレオテーがそんなふうに泣いたりしたのはきみに心を許していたからで、きみに甘えたかったからで、きみに抱きしめられたりきみに髪を搔《か》き撫《な》でられたり、お返しにきみの髪を搔き撫でたり、そういうことを求める下心がその時のレオテーになかったはずがないんだから。

ああほんとうにムカついてきた。ぼくは部屋の冷蔵庫を開けた、でも、実は開ける前からそれはわかっていた、中にはビールもチューハイもだった、酒は一つも入っていなかった、ぼくはあたかもそれがあまりにも意外なことであったかのように、あー、と低く唸《うな》った、そして力の限りを込めて冷蔵庫の扉を閉めた。ずしんっ、という衝音が立った。それから冷蔵庫の中に入っているものの今この時は何の役にも立たない粒マスタードや豆板醤《トウバンジャン》なんかの調味料の小瓶たちが揺れてガラスどうしがぶつかる甲高い音がした。ほら、こうしてぼくはまた自分で自分のことを制御できない状態になっていってしまう。きみのせいだからな。さっき冷蔵庫を閉める際に込めた程度の暴力性では、ぼくは全然物足りなかった、だから今度は左足の裏の、かかとの部分を冷蔵庫の扉に叩《たた》きつけるようにして蹴《け》りを入れた、すると本体のずっしりした重心全体が、わずかにぐらりと後方に傾いて、それをぼくはまるで自分自身の身体《からだ》の重心に生じたことであるかのように感じて、それはぼくのことをぞくっとさせた。蹴り込んだ冷蔵庫の扉の表面が少しめり込んだような感触が、気のせいかもしれないけれども別にそれでもよかった、足の裏から伝わってきたような気がしたことも相まって、もちろん刹那《せつな》的なものでしかなかったけれども、そしてこんなに暗い意味でのことも滅多にないだろうけれども、ぼくは満足した。ほら、わかるか？　こういう具合にダメになっていくんだよ、自分で自分のことをみじめにしていくいちばん陥るべきでないプロセスにこうやってはまりこんでいくんだよ、きみの薄情さのせいで。この時ぼくはこの部屋が中に籠《こ》もった臭気、特にぼく自身の体臭でむせ返るようであるのを感じた。ぼくはずっと部屋を換気することも、身体を洗うこともしないでいるけれども、もちろんこれだってきみのせいだ。

ぼくは家を出た、そしてエレベーターに乗った。狭いエレベーターの空間の中では自分が臭いのがことさらよくわかった。普通、体臭というのは自分自身にはなかなかわからないものなんじゃなかったっけか？　それがこうしてわかるということは、今のぼくはどれだけ臭いんだろうか？　エレベーターが下降しているのがものすごくチンタラしているように感じられた。ようやく地上階に到着した、扉が開く前に、扉のガラスの切り窓の部分からヘッドホンを着けた若い男の子の、きっと大学生じゃないだろうか、エレベーターを待って立っている姿が見えた。このエレベーターが開いてぼくが出るのと入れ替わりにこの中に入った時にこのひどい臭《にお》いを味わわされることになるのだと思うと彼のことが哀れでならず、思わずぼくはほくそ笑みを浮かべてしまった。扉が実際に開いて、ぼくと彼はすれ違った。エレベーターの中で歩を止めた彼の気配を察知したぼくは振り向いて、彼の姿をねっとりと見つめた、けれどもその時彼は俯《うつむ》いていた、ぼくの視線にはまるで気付いていない様子だった、こうやってどいつもこいつもぼくのことを無視するんだな、もっともぼくが醸し出しているはずの異様さに怖じ気づいて見ないようにしているだけかもしれない、というか絶対にそうだ、そうに決まっている、だってこんなにも臭いはずなんだから。扉が閉まり出した、ぼくは大声を出した。おい！　おら！　すると若い男はぼくのことは見ないまま、けれどもわずかに彼の顔が歪《ゆが》むのは、ぼくは見ることができた、びくっと肩を痙攣《けいれん》させた、それを見られて痛快だった。案の定だった、こいつははじめからぼくのことを見ないようにしていたんだ。彼を乗せたエレベーターは上昇していった。ぼくは歩き始めた。こうして部屋の外に出てきたのがなぜだったのか、酒を買い求めたかったからなのか、冷蔵庫の次の、ぼくの暴力衝動を処理するための対象を探し求めるためだったのか、そんなことはぼくにもよくわからなかった。自分の身体から立ちのぼっているこの悪臭をこの静かな取り澄ましたような近隣界隈に漂わせたいという気分のせいもあったかもしれない。あまりにもぼくのところに凝集しすぎているみじめさを少しでも外界に、他のやつらに向けてまき散らして、状況を少しでも公平にするために。

ぼくは、きみがぼくたちのマンションからこそこそ抜け出してスーツケースを転がしながら空港行きのリムジンバスの乗り場まで向かった時に歩いたのと同じ道を歩いていた。深夜だというのにひどく暑かった、それはぼくが部屋のエアコンを強くかけているせいでもあったけれども、それはこの際どうでもよかった、これはぼくのこのムシャクシャの矛先・受け入れ先にじゅうぶんになることができるくらいの具体性を備えた不快さだった。そんなに暑いのに、そしてもう真夜中近いというのに、ぼくはジョギングしているやつらに出くわした。犬を散歩させているやつらにもだった。そいつらもさっきの大学生、とぼくは決めてかかっているあの若い男とか、それからきみとかと同様だった、実に不審者然としているぼくのことを見ないようにしていた。見なければ存在しないことになり、見なければぼくから悪臭とともに発散されている不吉なオーラの巻き添えを食らわないで済むと思いこんでいるかのようだった。ぼくのことを無視しないで凝視してきたのは犬だけだった。それはぼくが魅力的な匂《にお》いを発しているからだろうか？　まるで自分がニオイそのものになったかのようだとぼくは思った、そしてその考え方がとても気に入った、救いようがないほどみじめなものに思えたからだった。コンビニに行って酒を買いたいと思ったけれども、財布もカードの類《たぐ》いも持ってくるのを忘れているのに気付いた、そしてぼくはまたさっきのように大声を出したくなった、それとも服を脱いで全裸になってやろうか。そうすればこれ以上ぼくのことを見えない振りをしているわけにはさすがにいかなくなるだろうから。でもぼくは大声も出さなかったし服を脱いだりもしなかった。ぼくは小さな公園に差し掛かった。ベンチの脇《わき》に一台自転車が停められていた。ちっとも面白みのない、平凡きわまりないママチャリだった。一目見た時からぼくはそれを蹴り倒したくなっていた。車体の前部にカゴが取り付けられていた、その中に中身の空っぽのカラムーチョの袋、ストローがささったままぺちゃんこになっているコーヒー牛乳の紙パック、潰《つぶ》れたビールの缶、といったどうしようもないものばかりがぶち込まれて、すっかりゴミ箱代わりにさせられていた。周囲を見まわしたけれども人間の姿も気配も感じられなかった。この自転車はぼくのフラストレーションをぶつける対象、つまりはまあきみの代替物として申し分なかった。ぼくはこのママチャリの側方、ペダルの付いているあたりの脇に数十センチほどの距離を取り立ち止まると、さっき冷蔵庫に蹴りをかました際と同じ要領で左脚を上げた、そしてそれをペダルの取り付けられている部分、チェーンを巻き込んでいる部位の周辺に向けて蹴り込もうとした。ところが実際にそうしようとした直前に、そこを蹴ろうとするともしかしたら車体から出っ張っているペダルやペダルと接続された部材がぼくの足首や脹《ふく》ら脛《はぎ》にこすれてそこを傷付けてしまうのではないかという心配にぼくはふと襲われた。それでその時まで狙《ねら》いを定めていた位置からわずかにペダルから離れた部分に標的を急遽《きゅうきょ》変更しようとした。ところが、それでは新たな標的をどこにするのか、ということをそれだけの瞬時のあいだに確定させることがぼくにはできなかった、そしてそれが決まらないままにぼくの身体の重心は足の裏を自転車に対して強く押し付けていく準備の整った態勢からそれを実行する段階へと移されてしまった。見切り発車したぼくの足の裏のかかと近くの部分が、ペダルに取り付けられたフレームの、上辺を掠《かす》めた。つまりぼくのキックは自転車を、ほとんど空振りしたのだった。ぼくが左脚にかけたぼくの全体重はまったくママチャリに受け止められることなく、ぼくの身体は思い切りバランスを崩した。左脚は自転車をまたぎ越して、公園の砂地に着地した。それにともなってぼくの重心もよろめきながら、しかし一気に前方に移行した。その際にぼくの胴体の腰骨、下腹のあたり一帯がしたたかにママチャリにぶつかった。ぼくはママチャリを押し倒し、ママチャリもろとも倒れ込んだ、がしゃがしゃがしゃん、という大きいくせにマヌケでしょぼい音が界隈に響きわたった。カゴからはゴミが飛び出して公園の砂地に落ちた。その時折しも風が吹いた。生ぬるいそよ風だった、とはいえカラムーチョの空き袋を公園の地面の上を這《は》うように舞わせながら吹き飛ばしてしまうだけの勢いはじゅうぶんに孕《はら》んでいる風だった。

そして、それとほとんど同じようなそよ風だった、食堂を出て肩を抱き合いながらきみたちが並んで歩いている小路にも吹いてきみたちのことを撫でていた。このあいだブロッコリー・レボリューションに行こうよ、っていうメッセージ、送ってきたねとレオテーが言った。きみは頷いた。ブロッコリー・レボリューション、ってのが洒落込んで値段も高いカフェなんかの名前じゃなくて、バンコクでほんとうに革命が起きる、それがブロッコリー・レボリューションという通称で呼ばれるようになったのだった、とかだったらいいのに。台湾のサンフラワー・レボリューションとか、香港《ホンコン》のアンブレラ・レボリューションみたいに。それからレオテーは、セブンイレブンに寄りたい、ヤクルトを飲まないとと言った。ヤクルトってタイのコンビニに売ってるんだ？　きみが驚いて尋ねると、レオテーは頷いた、そして言った、飲んだ後でもヤクルトを飲めば運転していいんだよ。え、ほんとに？　タイの法律って、そうなの？　真に受けているきみを見て、レオテーはにやにや笑った。

しばらく歩き回っているうちにセブンイレブンは見つかった。きみは特に買いたいものはなかった、それでも一緒に店の中に入った、するとヤクルトが確かに売られていた。店内にいるうちにきみはふと思い付き、食べきりサイズの明治ブルガリアヨーグルトをレオテーも食べるかもしれないと思ったからふたつ買った。店を出たところでレオテーが、それからきみも一緒にだった、ヤクルトを飲んだ、飲み干すとレオテーが、これでオッケー、と言った。きみたちは立体駐車場に向かった、そして、ぼくはいまだにそのことを知らないでいるしこの先も知ることは決してないけれども、きみたちは市街地に戻って、そしてきみが滞在していたホテルでだったのか、それともレオテーの住むコンドミニアムでだったのか、朝まで一緒に過ごしたのだろう？　どうせ、そうに決まってる。ぼくは、いつまで自分はママチャリと絡《から》み合って倒れ込んだこの格好のままでいるつもりなのか、ということに我ながら呆《あき》れ果てながら、けれどもこの体勢をほどくために身体を動かす気力なんて全然なかった、公園の砂地にずっと横たわったままでいた。この時ぼくは、誰かの足音が靴の底と砂とが擦れ合わさる音を伴ってこっちに向かってやって来るのが地面と接しているぼくの頭部を伝って振動として聞こえてくることを期待していた。横たわるぼくの後方から聞こえてくるその足音が一歩一歩、いかにも不穏な様子でぼくのほうへと近づいてくる、そしてそれはさっき自転車に乱暴を働いた、その音によってそれまでこの界隈に漂っていた静けさを妨害したぼくに対する制裁のためである、という状況をぼくは心の中で待望していた。そんな人たちに気を失うほど殴られて、きみがバンコクに行ったのだというぼくの妄想がぼくの心もろとも叩き壊される、そしたらレオテーという存在だって消えてなくなる、そうなってしまえばいいのにと思った。けれども公園には誰も来なかった。

3

直射日光はやはり強烈だった、それがスコータイ・ホテルのプールサイド全面を照らしつけて、コンクリートの表面で撥《は》ね返されていた。その眩《まぶ》しい陽射《ひざ》しは、直方体の型のようでもあるプールの中には水がなみなみと湛《たた》えられていた、そして大きなひとつの量塊をなしていた、そこに向けてもやはりありったけ注ぎ込まれていた。光はその量塊の中へといったん溶け込んだのちに白みがかった影となって、プールの内壁と床のそこかしこに、揺らめく投影として姿を現し直していた。それはまるで綿の塊が薄くなるまで引き延ばされた帯のようであり、縒《よ》り合わさりが緩くなってもうほとんどほどけかけている糸のようであり、網の小さな断片のようでもあり、割れたガラスの破片のへりだけが抽出された鋭い亀裂《きれつ》のようでもあった、形象は無数にさまざまだった、顕微鏡でだけ観察することのできる薄い薄い皮膜からのみできている微生物の、形態や生態のように見えるときもあった。それら光の姿の投影されるさまはひとつひとつとして見ればたちどころに消滅する刹那的なものだった、けれどもプール内全体として見れば永続的に生じているひとつの大規模な現象でもあった、それをさっきからきみは、浮力を全身に受けてのびのびと泳ぎながらプールの中で、つまりその現象の生じているまっただ中でだった、堪能《たんのう》していた。プールにはきみしかいなかった。プールサイドにもきみしかいなかった。

きみは、気が向くと時々クロールもしたけれども基本的には平泳ぎでだった、その両腕はゆったりと水を搔き、両脚は股関節《こかんせつ》を水平に開いて膝を折り曲げて、水面とそれよりあと少し深いところあたりまでの水を足の裏でえぐるようにとらえ、それを脚全体を後ろに向けて蹴り伸ばして押しやり、それによってきみの身体を推進させていた。きみは水中メガネを装着していた、だから、プールの床と壁にはいちめん翡翠色《ひすいいろ》のタイルが施されていた、そこに水の中に溶け込んだ光が儚《はかな》い形態たちとして絶えず様相を変化させる終わらないプロセスが映し出されているのを、くっきりと見ることができた。タイルは、ひとつひとつは一辺がたぶん二センチにも満たないほどだった、小さな正方形だった、それが縦横に整然と、びっしりと敷き詰められていた。全面的なその翡翠色は、プールの中身をずっしりと埋める透明で巨大な水の量塊がうっすらと帯びる色彩を、決定的に規定していた。

きみはすいすい泳ぐから、スコータイ・ホテルのプールのサイズは長いほうでさえ端から端まで十五メートルにも満たないほどだった、すぐに壁に達してしまった、もしもう少し長い距離を泳げるならば、断然そのほうが気持ちよいはずだった。壁にタッチするたびにきみは身体を二つに折り曲げて、同時にひねりを加えてそれを回転させて、壁の位置はそれまではきみの目の前だった、それを足元の側へ持っていった。そして足の裏で壁を蹴りつけて、それからターンの際に撓《たわ》められていた背筋と折り曲げられていた膝とをすうっと伸ばしてまっすぐにし、これまでとは正反対の方向へと折り返す、きみはそれをもう何十往復とやっていた、その間ずっとプールを独り占めしていた。

ずっとそんなふうに水中で過ごしていたせいできみの身体がプールの中の環境に徐々に順応してきていたからだったのだろう、また、その時きみは泳ぎ続けているうちにだんだん、頭の中で思考をめぐらせることをしなくなっていった、なんにも考えていない状態になっていった、それできみの脳が体内の酸素を消費する量がずいぶん少なくなっていたのかもしれない、それも理由かもしれなかった、きみは、このプールにやって来て泳ぎ始めた時からと比較して、はっきりと自覚できるほどだった、息継ぎなしに泳いでいられる時間が格段に延びていた、そしてそのぶん水中の情景に長く見入っていられるようになっていた。プールの底や壁で光が結んでいたぼんやりした白い輪郭の像は、その時ちょうど亀裂のような形状をしていて、それはタイルの表面をひび割れさせているようでもあったし、タイルとタイルの間の継ぎ目の線の格子《こうし》に絡みついてこようとしているふうでもあった、それらが次から次へと現れては消滅していく、その一連のさまがきみの視界の中にくっきりと収められていた、きみはそれに目を奪われていた。

それは水中メガネをつけていることの賜物《たまもの》に他ならなかった。ユニクロで水着を買ったあの時、きみはそのまま足早にサイアム・パラゴンを出た、そのそばからきみの顔と身体にまとわりついてくる湿気を帯びた暑い空気を感じながら、まっすぐスカイトレインの駅に向かおうとしていた。するときみの目の前を一組の家族連れが通り過ぎていった、小さな男の子が両親と手を繋《つな》いで得意げな様子で歩いていた、その子が水中メガネを装着していた、それはきみにとっては誰かからの忠告のようだった、啓示のようだった。再入場するのにもう一度、あの金属探知機をくぐらなければならなかったけれども、きみはサイアム・パラゴンへと戻った、水中メガネはユニクロにはないはずだから、スポーツ・ショップが別の階にあるのを確かめてそこに向かった、まずは競泳用水着のコーナーを見つけた、それからその片隅が水中メガネ売り場なのを見つけた。最初にきみの目に留まったのは、両目にあてがう透明プラスティック部分の形が真ん丸で、薄いブルーに着色されているやつだった、きみは水中メガネに対するこだわりなんて何もなかった、それを手に取ると他のものと見較《みくら》べることもなく、レジに直行した。それを今装着しているおかげできみの視界は、翡翠色のタイルの表面に現れては消えるランダムな光の現象で満ちあふれていた、それは恩寵《おんちょう》のようだった。きみ自身の呼吸する音だけが、水中の環境ならではのあの特殊な響き方で、きみに聞こえていた。その音を中断なしに長く聞いていたくなったきみは、このプールにやってきて以来ずっと繰り返していた平泳ぎの、両腕で胸の前に水をかき集めてくるようにする動きをこれまでにないくらいに大きく力を込めてやり、それによってきみの上体をできるだけ高い位置にまで引き上げると、それを原動力にして頭から水の中へと潜っていった、そしてすかさず両腕それから両脚を何度も何度も素早く掻き、浮力がきみの身体に対して抵抗してくるのをなんとかして払いのけながらプールの底に接近した。するときみの身体の影が、それはそれまでもぼんやりしたものとしてなんとなく水底に映っていたひとまとまりだった、それが領域が絞られていくにつれ、そして輪郭がくっきりとなっていくにつれて、きみの影であることを疑う余地はいよいよなくなった。

きみは、しばらくの間その翳《かげ》った領域の中のタイルの、表面のつるつるしたところをそっと撫でたり、継ぎ目の溝の部分に指を這わせたりした、それから、プールの底から数十センチほど上のところに身体の水深を維持させたまま、水中ならではのやり方の平泳ぎで、あたかも水槽をくまなく回遊する魚みたいにだった、プール全体をゆっくりと巡りはじめた、その間もずっと、白い光が形状を絶えず変化させていくさまが翡翠色のタイルに映し出され続けるイベントに魅了され続けていた。きみはもうずいぶんと長いこと、プールから一度も上がることなしに泳ぎ通しだった、それだけ泳いでいたのだから身体は相当程度疲れていてしかるべきだった、けれどもまだまだいくらでも泳いでいられる気がしていた、自分がこのまま水棲《すいせい》生物と化していくのではないかとさえ思えてくるようだった。実際、きみはずっと潜っているのに息がちっとも苦しくなってこなかった。

ホテルの従業員がひとり、姿を現した。従業員は、プールサイドに並べられた寝椅《ねい》子《す》のひとつひとつの上には真っ白いバスタオルが、丁寧に整えられたベッドのシーツさながらに几帳面《きちょうめん》にかぶせられていた、それから、それも同じ種類のバスタオルだった、きれいに四つ折りに畳まれたのがそれぞれの寝椅子の脇に積み上げられていた、それらが崩れたり乱れたりしていないかを確かめにやって来たのだった。この日は陽射しこそ強烈だった、けれども大気は穏やかで、朝からずっと凪《な》いでいた、プールサイドの寝椅子が使用された痕跡《こんせき》もまったくなかった、だからやって来た従業員は、寝椅子のひとつの上に落ち葉の小さな欠片《かけら》が落ちているのを見つけたのでそれを取り除いたという他は、するべきことが何も見つけられなかった、あまりにも手持ちぶさたで、きれいに積み重ねられたタオルの上にそっと、特に意味もなく手を載せたりしながらプールサイドをひとめぐりした。

ある時点まで従業員は、今ここはすっかり無人だと思い込んでいた、プールの中にきみが潜っていることには気が付いていなかった、それが何かの弾みで、プールの水面の揺らぐ様子にどこかしら、単に風に撫でられているだけにしては少しだけ奇妙にダイナミックなところがあるのを察知した。プールに目をやると、底に近い深いところを人が潜っている、それが移動している影を認めた、それはプールサイドの彼の立っているほうにのっそりと近づいてきていた。彼は立ち止まり、その場にしゃがみ込んで、壁まで達したらきっとその人影が水面に浮かび上がってきて顔を出すだろう、それを待ち構えた。そしてその予測通りに、水中に潜ってのっそりと動く人影は壁に辿《たど》り着くと浮上してきた、そして肩から上をがばっと勢いよく水面から出し、ぜえぜえ激しく息をして酸素にありついた。そしてまもなく、プールサイドにしゃがみ込んでいる従業員からの視線に気がついた。

ものすごく長い時間潜ってましたね、すごいですね、と従業員は言った。しゃがみ込んでいる従業員の姿は、きみから見るとちょうど太陽を背にしていたので、水中メガネ越しでも少し眩しかった、それでもこのホテルの従業員が、上質な半袖《はんそで》の白い開襟《かいきん》シャツと、ワイドめのラインのやはり白のズボンの制服を身に着けているのは見て取れた。きみは従業員に言った、このプールは素敵です、この中の世界は、エメラルド色をしていてとてもきれいです。ずっと見ていたくなる、ずっと中にいたくなる。宇宙みたいな感じがする。だからずっと潜っていられるんだと思います。わたしたちのプールを楽しんでもらえていてハッピーです、と従業員は言った。きみは、呼吸はすっかり落ち着きを取り戻していた、従業員に微笑《ほほえ》んでみせてから再び水面下に全身を沈めて壁を蹴り、全身も両腕もぴんとまっすぐにした状態をしばらく保ったまま水中を進んでいって、泳ぐこと、潜ることに戻っていった。伸ばした両腕の手のひらの親指どうし、人差し指どうしが、きみの頭の先でぴったりとくっつき合わされていた。その体勢のまま浮上して、そこから先はゆったりとした平泳ぎをした、そして大きく息を吸い、酸素を取り込むと再びプールの深い方へと潜っていった。

水中できみが四肢を動かすこと、それによって水の量塊が攪拌《かくはん》されることで、光の像が揺らめいた。光が形態ならざる形態の、そのひとつひとつが現れているのはほんのひとときのことに過ぎないさまざまなパターンを、プールの底面と側壁とに連綿と提示し続けていること、その美しい現象の成立にきみ自身が一枚嚙《か》んでいるのだという事実にきみはその時改めて、あるいは今さらのように気がついて、そして驚嘆した。きみはこの現象への、人間としては唯一《ゆいいつ》の介在者なのだった、かつ、きみはこの現象に立ち会っている、唯一の人間でもあった。従業員はすでにこの場を立ち去っていた。プールとプールサイドは再びきみだけのものになっていた。きみは翡翠色の世界の中でまだまだ過ごしていたかった。きみの泳ぎっぷりはまだまだ疲れを知らないかのようだった。

きみは、ついにプールから出たのは疲労をおぼえたからというのではなかった、じゅうぶんに心ゆくまで泳いだ、そして充《み》たされたと感じることがついにできたからだった、けれども水から上がった途端、まるでその瞬間をずっと待ち構えていたかのように疲れの実感が一気にきみの全身へと押し寄せた、水中にいるあいだは、こんなにも自分の身体がぐったりとなっていたなんて、全然わからなかった。きみは手近な寝椅子までよろよろと歩いていくと、バスタオルで身体を拭くことさえしないままにそこに身を横たえた。水中メガネを外して頭の傍らに置くと、薄いブルーにフィルタリングされていたそれまでの視界との明度差のせいで、陽光の撥ね返るプールサイドを直視することができなくなった。きみの目が慣れていって眩しさと目の痛みが薄らいでいくまで、きみの横たわる寝椅子のすぐそばに立ってきみのいるところに日陰を投げかけてくれているビーチパラソルの裏面が太陽の光を受け止めてぼんやりと白く明るくなっているのを眺めて過ごした。

きみは、まだまだ息が荒いままだった、身体が深い呼吸を欲していた、胸と肩とがゆったりと大きく上下動していた、それが落ち着いていくまでの時間を過ごしていくあいだ、あの分厚い小説をこのホテルの部屋に置いてきてしまったこと、プールに持ってきていたとしたら今ここでこうして寝そべりながら読むこともできたのにということが、ふと頭を掠めた。けれども今から部屋に本を取りにいって、またプールサイドに戻ってきて、というのは少し億劫《おっくう》すぎた、それにその時のきみは、別に本を読まなくてもよかった。全身に水泳の後に特有のあの心地よいだるさの感覚が、隣で一緒に寝ていて始終ベタベタときみから離れないでいる恋人みたいにまとわりついていた、それを振り払ってこの寝椅子から易々《やすやす》と起き上がることなんてできなかったし、したいとも思わなかった。そよ風がきみの顔と身体とを撫でていた。きみの身体に付着している水滴がその風によって少しずつ乾いていった。きみはこの時、翡翠色のプールの傍らで寝椅子に横たわりながら、なにもかもに満足していた、そしていつしか、眠っていった。

次に目がさめた時、きみはスコータイ・ホテルの部屋のベッドの上だった、水着のままだった。水着はまだかすかに湿っていた。ベッドに横たわるきみの身体とそのすぐ下のシーツとのあいだに手を入れてまさぐってみると、やっぱりそこもしっとりしていた。ひどく空腹だった、時計を見てとても驚いた、もう夜の十一時を過ぎていた。水着を脱いでシャワーを浴び、ホテルの厚手のタオル地のバスローブを着てからテレビを点《つ》けると、サッカーの試合だった、きみがそれを把握していたのかどうかぼくは知らないけれども、ワールドカップの決勝戦、クロアチア対フランスのライブ中継が放映されていた。試合は後半に入っていた。ユニフォームが青いほうのチームの、それはフランスだった、選手の一人がドリブルで敵陣に切り込んでいって、そららのユニフォームは実際には赤と白の市松模様だったけれども姿の小さくとらえられた画面の中ではほとんど白一色に見える、クロアチアのディフェンダーが待ち受けているのをかわした。そのまま放たれたシュートは、ゴールキーパーがすでに詰め寄って来ていたのに当たってはじき返されて、主導権が切り替わった。しかしクロアチア・チームには攻撃を性急に展開させるつもりはないようだった、慎重にパスを回していた。その時だった、きみは、それまで画面に映るグラウンドの中には真剣勝負の緊張が当然のごとくみなぎっていた、それが心なしかいきなり緩まったような、選手たち一人一人の動きに備わる鋭い鬼気がふわっとたるんだような気がした。まるでそれはみなが一様にやる気を失ったかのようだった。そして、それは気のせいではなかった。ピッチを斜めから俯瞰《ふかん》したアングルで捉《とら》えているテレビ画面に、それが選手でもなければ審判でもないことは一目見て明らかだった、警察官の制服のような白いシャツに黒いズボンという出《い》で立《た》ちをした人が、女性もいたし男性もいた、一人、二人、三人と映り込んだ、ピッチの中で全力疾走していた。ただし全力疾走といっても、そこに真剣勝負の必死さのようなものが備わっているわけではまったくなかった、それは実にヘラヘラしている全力疾走だった。審判がホイッスルを鳴らした、それは気の抜けたような音色だった、けれども試合はそれでどうやら正式に中断されたようだった、選手たちが続々と立ち止まった。蛍光イエローのビブスを着た何人もの係員たちがピッチ内に入ってきて、乱入者たちを猛ダッシュで追いかけた。乱入者たちは変わらずヘラヘラ逃げまわっていた、選手たちのそばを駆け抜けていく際、彼らにハイ・タッチを求めたりもしていた、なかにはそれに応じた選手もいた。乱入者たちは、ほどなくして係員に取り押さえられた、抵抗を見せることはなく、おとなしくピッチの外へと連れ出されていった。警察官のコスプレをしていたこの乱入者たちは、この時ただちにそうとわかったわけではなかった、判明したのは少ししてからのことだった、ロシアのアクティビストでフェミニストでパンク・ロック・バンドの、プッシー・ライオットのメンバーたちだった。

特別対談

フィクションの湧き出る場所

岡田利規×多和田葉子

多和田葉子（たわだ・ようこ）

１９６０（昭和35）年、東京生まれ。早稲田大学文学部卒。82年、ドイツ・ハンブルクへ。ハンブルク大学大学院修士課程修了。91（平成3）年『かかとを失《な》くして』で群像新人賞、93年『犬婿《いぬむこ》入り』で芥川賞を受賞。日独二ヶ国語で作品を発表しており、96年にはドイツ語での作家活動によりシャミッソー文学賞受賞。２０１８年『献灯使』で全米図書賞（翻訳文学部門）受賞。06年よりベルリン在住。

構成・宮田文久

誰に語らせるのか

多和田　岡田さんの小説「ブロッコリー・レボリューション」は「新潮」二〇二二年二月号に掲載されたときに読んで、気になる要素、滅多に出会うことのない独特の何かを含んでいる作品だなと思っていました。三島由紀夫賞の候補作になり、読み返して選考の場で強く推したのですが、そのときは雑誌掲載の小説というかたちだったので、「まだ読み方が決まっていない」感じが強くしていました。選考会でのわたしの読み方もどうやら独特だったようで、あとから編集部の方々の言葉なども聞いているうちに、自分の読みに自信がなくなったこともあったのですが（笑）、それくらい読み方が決まらない作品というのはとてもいい作品なのではないかと思います。

今回単行本になって、すこしだけ捉《とら》え方が変わりました。雑誌掲載時の印象のまま、読者に開かれた小説でありつづけている一方で、他の本の並びのなかでわたしなりに捉え直した感じがあります。他の本というのは、岡田さんのこれまでの本、特に第一小説集である『わたしたちに許された特別な時間の終わり』（二〇〇七年）のことです。たとえば、ほんの偶然立ち寄ったかのように描かれていたパフォーマンスの場面なども、あ、日本語以外の言語の聴こえる空間に入って、そこで偶然のように触れる政治的なことが結構大切な核になっているんだな、ということが「ブロッコリー・レボリューション」を読んでいてよりはっきりしました。わたしにとっては、新作が岡田さんの過去の作品に新しい光を当てた感じですね。

岡田　ありがとうございます。この対談をとても楽しみにしてきたのですが、同時にいま、非常に心もとないんですよ。理由ははっきりしていまして、ぼく自身が小説家として、小説家の方と小説について語る機会というのは、すごく少ないんです。一度、多和田さん、そして美術家の塩田千春さんと、ベルリンで鼎談《ていだん》したことはありましたが……。

多和田　二〇二一年の初めのことですね。多摩美術大学の大学院のコースで“Shaping y/our fears”というテーマで、塩田さんが学生たちに怖いものを五十個あげてもらい、わたしたちもそれぞれ怖いものを五十個書き出して、それを読み合いながら三人で「恐怖や不安を形にすること」について鼎談をしたのでした。確か録画して塩田さんが授業にお使いになったのだと思います。あのときは何かをつくるということについて思いつくままに、いろいろなことをお話ししましたね。

岡田　そうです、ただあのときはやはり多和田さんは作家、塩田さんは美術家、ぼくは演劇の作り手というポジションでした。演劇にかんしては小説よりも継続的に、高い密度でつくりつづけてきているので、もはや心もとなくなることはない。でも、今日はまったく違って、いったい自分が何をしゃべれるんだろうとさえ思っています。これは多和田さんが相手だからこその連想かもしれませんが、日本語ではなく英語を使って人前で話したり、ワークショップの仕事をしたりするときの感覚にも似ているかもしれません。頑張ります。

多和田　英語で話すような感覚というのは「うちわ」の人に向かってではなく、「そと」の人と話すみたいな感覚かもしれませんね。「ブロッコリー・レボリューション」については作者ご本人の口から聞いてみたいことがたくさんあるのですが、実際に質問を言葉にしようとすると確かに外国語で言わなければならないみたいな気分になります。共通の地盤があるという前提で話すよりは、その方がいいのかもしれません。関心があるのは、岡田さんが小説を書きたい、書いているのは、どのような思いからなのか、ということなんですが、なんだか曖昧《あいまい》な質問ですみません。

岡田　思い出すのは、三島賞決定直後のリモート会見で、選考委員を代表して多和田さんがお話しされていたときのことです。受賞者として呼ばれたぼくは、途中からその会見場に入っていったのですが、ちょうど多和田さんが記者の方と、ある質疑応答をしているところでした。内容としては、「演劇と今回の小説は、関係があるのかどうか」というような質問だった記憶があります。つまり、劇作家が小説を書いたのだから、その小説には演劇性というか、演劇的な要素が含まれているはずだ、ということが前提となっている質問ですね。それに対して多和田さんは「いや、演劇がどうといったことは関係ないんじゃないでしょうか」というふうに答えてくださっていて。ぼくは嬉《うれ》しかったんです、実際にそうだから。

演劇性を小説のなかに入れ込もうとは、まったく自覚的にはしていなくて、むしろ演劇ではできないことがあるから書いている。別の機会にぼくも、「『ブロッコリー・レボリューション』を原作に、ぼく自身が演劇をつくるとしたらどうか」という質問をいただいたことがあるのですが、それには興味がないんですよね。他の作者の小説を原作に演劇を手がけることには興味があるし、実際やったこともあるのですが、自分の小説で演劇をやりたいとは一切思っていない。小説でやれることが演劇でも可能なら、たぶん小説は書かないはずです。

多和田　なるほど。

岡田　それよりも、特に「ブロッコリー・レボリューション」にかんして言えば、自分がタイ・バンコクで過ごした経験を、なんらかのかたちで記録しておきたいというモティベーションがあったんです。二〇一八年に、タイの小説家であるウティット・ヘーマムーンさんの長編小説を『プラータナー：憑依《ひょうい》のポートレート』という舞台作品にしたのですが、そのために何度か、最長で二ヶ月半くらい、タイに滞在しました。そのときの体験が、「ブロッコリー・レボリューション」のもとになっています。でもぼくは、日記のようにぼく自身の生活の記録をしたいわけではないんです。記録したいのはそのときに印象に残った風景や出来事だけで、それを小説というかたちのなかに、しのび込ませておきたかった。それはぼくの、小説を書きたいというモティベーションのひとつとして、とても強いものなんです。

多和田　選考会後の記者会見の時も、思っていることがうまく言葉にならずに焦《あせ》りを感じていました。わたしも演劇にすごく関心があるのだけれど、でも岡田さんの小説について語るときに、小説と演劇の違いとか、演劇が小説に及ぼしている影響、といった切り口では面白さが伝えられないと思ったのです。そうではなくて、たとえば稽《けい》古《こ》の場で実際に行われていることなどの中にヒントがあるのではないか、と。わたしはたとえば演出家が稽古中に言う言葉などにはとてつもなく興味があって、インスピレーションを与えてもらったことが何度もあるんです。

岡田さんが対談集『コンセプション』に収録されている桜井圭介さんとの対談のなかで、即興の話をなさっていますね。テキストはあるけれど誰がどのセリフをしゃべるのかは決まっていなくて、あるシーンで俳優が三人出てきた場合、誰がそのセリフをしゃべるのかをその場でリアルタイムで決めていく、というようなお話ではなかったかと思います。こうした演出のアイデアを読むとわたしは、小説を書いている時の自分ももっと自由でいいんじゃないかと反省するんです。この登場人物だからこのセリフをしゃべらせるというような権威主義的な作者の態度を取るのではなく、とりあえず言葉がそこにあり、それを登場人物の一人が勝手にしゃべりだしてしまうこともあるのだ、と覚悟して原稿に向かうべきなのかもしれません。この登場人物はこういうキャラだからこのようなことを言うだろう、と作者が考えるのは浅はかかもしれない。

岡田　ぼくもそう感じます。

多和田　小説のなかで誰に語らせるのかというのは結構やっかいな問題です。こんな風に世界が見えてしまう人間はとりあえず自分しかいないので、基本的には一人称で書くしかない、と考えていた時期もあります。三人称でも書けるのですが、そこに出てくる彼女とか彼はわたしと交換可能になるから、三人称もまた一人称の一種だということになってしまう。そうではなくて雲の上から全人類を平等に見下ろして三人称で書くことができれば、それは一人称とは違ってくると思うのですが、自分は天人ではないので、それもあまり意味がないように思えてしまう。語る内容が人物よりも先に存在する場合は、どの言葉を誰が話すのか、という問いが出てくる。あるいは、この言葉を話すのはこういう人物だろうと考えてそういう登場人物をつくりあげても、本人が「そんなセリフはしゃべりたくない」と言い出すかもしれない。いずれにしても「わたし」だけでも足りなくなってくる。そうなると、複数の語り手ということになりますね。

岡田　演劇と強引に比較してしまうと、演劇の場合は、役者がそのテキストを、さらにいえば「ある人物がその言葉を発したというフィクション」を背負ってくれるんですよね。小説はそうやって背負ってくれる人がいない。よくもわるくも。正確に自己分析はできませんけど、「だったら誰でもいいじゃん」とぼくはたぶん思っているんでしょうね（笑）。たとえば「ブロッコリー・レボリューション」だったら、作者が経験したことを、作中、二人称で「きみ」と呼ばれる人物が担《にな》ってもいいじゃんと、自分でゴーサインが出せた。

演出家は独裁者?

多和田　岡田さんの活動を拝見していると、理屈以前にご自身の感覚として「これはしたい」「これはしたくない」ということをハッキリ感じられて、そこから出発されているようにも見えます。「これはこうすべきだ」「これはこうすべきではない」という見えない枠の存在に敏感で、それをやさしく取り除きながら動くんですね。だから逆に、すごくゆるくて自由な、「誰が話してもいいじゃん」というような雰囲気をつくることができるのかもしれません。

『わたしたちに許された特別な時間の終わり』に収録されている「三月の5日間」でも、登場人物が六本木のライブハウスに行くと、海外からやってきた演劇のパフォーマンス集団が不思議な雰囲気の空間をつくりだしている場面がありますよね。パフォーマンスの一環で、スタンドマイクが観客にも開かれていて自由に発言ができるというのだけど、本当に、誰が何を言ってもいいような空気になっている。政治的な意見をあからさまに言うこともできるし、政治的ではないことも許されている。これは日本ではめったにない状況ですよね。なぜかというと、誰がどの立場から何を言わなければいけないのかが非常に厳しく決まっている社会ですし、誰が同席しているかわからない空間で政治的な意見を言うのは危険だと考えている人も多いので。

岡田　うん、よくわかります。

多和田　そういう束縛がない空間をつくるようなパフォーマンスが都市の中でもっと行われたらいいのではないかと思います。ただ、それが舞台芸術となると、自由を求めながら、これほど自由のない世界はないのではないか、と疑問に思うこともあります。わたしはドイツで演出家の仕事に立ち会う機会が少なからずありましたが、演出家というのはどちらかといえば独裁者ではないかと思ったことも何度かある（笑）。つまり、この作品がどこに行くのかを決めるのは結局わたしなので、わたしが誰にも説明しないで手探りで探していく。登場人物にはもちろん何の説明も与えずに、わたしの言うとおりに動いてもらう。しかもつくっている時のわたしは疲れを感じないので、休憩時間なしの残業続き。でも、岡田さんは独裁者の逆のタイプじゃないですか。そのような方にとって、演出家という仕事はどうなんですか。

岡田　ぐいぐい引っ張っていくリーダーシップの資質に欠けているのに演出家をやっているけどそれでいいのかな、と思っていた時期もありましたが、今はむしろ自分は演出家に向いてると思ってます。というのは、たとえばぼくは舞台美術や衣装やチラシ・ポスターといったヴィジュアル面へのセンスがないんです。センスがないという以上に、そこに自分のアイデアをつぎ込みたいという思いがゼロ。なのでデザイナーとコンセプトを共有して、彼らにそれを出してもらうんです。そしたらよいものができる。そうやって人任せにできる資質は演出家向きだなと。独裁者タイプの演出家は、ぼくらよりも前の世代には多かったのかもしれません。ドイツでタクシーに乗ったときに「演劇の演出家をやってる」と話したら、「お前、めっちゃ偉いんじゃん」と言われたことが何度かあります。「あれやれ、これやれ、と決めてるんでしょ」って。

多和田　首相でも演出家ほどの権力はないかもしれません。

岡田　「あ、やっぱりそう思われてるんだ」と。でも最近はそうではないタイプの演劇人も増えていると思います。トップダウンではなくてコレクティブで作品をつくるような人たちなども珍しくないですし。

それと較《くら》べて、当たり前ながら小説は全部自分で書く。編集者が助けてくれますけど、書いてくれるわけではない。もちろん、書いてもらいたいと思っているわけでもないですし（笑）。演劇のテキストだって書くのは自分ですが、ただ、リハーサルを行うことでたくさんのインスピレーションをもらって書いている。そのリハーサルが小説にはない。それに該当するものがほしいと思って「ブロッコリー・レボリューション」の執筆中は、テキストデータをプリンターで打ち出して、そこに手書きで直しを入れ、それをテキストデータに打ち込んで……という作業の繰り返しを、『プリンターとリハーサルする』と称してやっていました。

多和田　すこし別の角度からの話になりますが、「ブロッコリー・レボリューション」で非常に印象的なもうひとつの要素は、東南アジアに目を向けていることなんです。これはすごくいいな、と。わたしも二〇一九年にタイに行ったときに、作家のプラープダー・ユンさんとお話しして、ちょうどその頃は仕事でシンガポールやフィリピンへの旅が続いて、同じような話を耳にしました。それはいわば、「優しい独裁政治」「ゆるい独裁政治」というような事態です。日が照っていて、美味《おい》しいものもあって、笑いが多くてみんな幸せそうなんだけれど、実はつかみがたいような独裁制がじわじわと日常に浸透している、というイメージですね。

わたしは一九七九年、ロシア文学科の学生だった頃に初めてソ連や東ドイツに旅して、そこで肌で感じた政治は重くて冷たいものでした。空はどんより曇り、冬は長くて寒くて、みんなの表情は暗くかたまっていて、美味しいものがないだけでなく食料は不足している。ドイツで暮らし始めてからも、ルーマニアの状況などを耳にして、そういうイメージをいつの間にか独裁制と結びつけてしまっていました。しかし現在の日本の政治を考えると、むしろ東南アジアのそれに近いんじゃないかという気がします。「日本は民主主義の国であり独裁制ではない」と思って安心したい気持ちを感覚的に支えているのが美味しい食事、溢《あふ》れる商品、太陽の光、テレビのなかの笑い、ポップカルチャーの色彩で、これらは旧ソ連や東ドイツにはなかったものです。「ブロッコリー・レボリューション」の中では他にもいろいろなテーマが交差していると思うのですが、わたしにとってはそういうアジアに注目したところに、「なるほど！ここを書きましたか！」と嬉しく驚きました。

岡田 指摘されてみれば、いま多和田さんがおっしゃってくださったようなことをまさに、タイで演劇の仕事をしていたときにひしひしと感じていましたね。タイの人と、特に政治のことを話していると、日本の社会に生きる人のメンタリティと似ているなあと思うことが多々ありました。たとえば、どちらの人々も、世の中や社会の体制を自分たちで変えられるとは思っていないこと。これは韓国だと異なるんですよ。韓国の人たちは、変えられると思っている。違いの背景は明白で、成功体験があるかないかです。韓国は民主化という社会変革に成功したことがあるけれども、タイや日本にはそれがない。と思っていたら一昨年、タイの人々が粘り強い民主化デモをおこなっていて、これは日本はタイに先を越されるかと思ったこともあったのですけれど……。日本が東南アジアに近い独裁制では、というのは、ぼくもそう思います。夏の暑さと、なによりも湿度が東南アジアなみですしね、もはや日本は。

ねっとりした描写

岡田　先ほどぼくは、自分の体験の印象を書いておきたいという話をしました。それは書かないと忘れて消失してしまうから残しておきたいという気持ちが大きいのですが、多和田さんも、そういうふうに書くところがあるんですか。

多和田　はい、ありますね。違和感を抱いたときにメモをするというのはなかなか難しいことですが、たとえば小説でひとつの状況を細かく書いていくと、そのなかに記憶が蘇《よみがえ》ってきますよね。

岡田　多和田さんの小説のディテールに、大きくかかわるお話ですね。読んでいると、多和田さんの経験がすこし入っているんだろうな、と感じます。ただ、それが本当にすごく少しだなあ、と思うんです。登場人物が多和田さんであるとはまったく思わないぐらい、ほんのちょっとしか入っていない。でもそのディテールによって、違和感をめぐる火花が、頻繁に弾《はじ》けるんです。火花が飛ぶのに必要な分だけの火薬は仕込まれているというか、それぐらいの経験が小説にまぶされていて、そこからフィクションが湧《わ》き出てくる。

多和田　「ブロッコリー・レボリューション」の特徴のひとつは、ディテールに言葉が密着するところですね。たとえば自分を包む世界の事物や光や匂《にお》い、あるいは語り手の意識などを実験的と言っていいほど事細かに書いていく作家はいますが、岡田さんの場合は「意味がないと思われていることを敢《あ》えてくわしく書く」というようなコンセプチュアル・アートとも違いますね。そうではなくて、自分がそこにいないことに耐えられないから、そこにいるのと同じくらい濃い感じが出るまで書く、みたいな執念を感じます。「ブロッコリー・レボリューション」では更に自分だけの問題ではなく、「きみ」のいるところに「ぼく」がいられないという構造になっています。「きみ」が旅先として体験しているバンコクでのさまざまな出来事を、「きみ」に見捨てられて日本にいる、つまりは「きみ」のバンコクでの行動を知るはずのない「ぼく」の視点から語っているというのがまた大きな特徴です。

とにかく、「ぼく」が「きみ」と二人称で描写していく、その語りが密着的なんですよ。その場にいないのにそこまで密着するのかというか、自分のことを語るのではない、「きみ」を描写しつづけるこの密着カメラはいったい何なんだ、と読んでいて動揺しました。それがよかったのですが。

岡田　書いていても、すごく粘着質だと思いました。そもそも「ブロッコリー・レボリューション」のとはまったく違いますよね（笑）。多和田さんのカラッとした態度「ぼく」は、非常に問題があるというか……憎めないところや可愛《かわい》げがあるというのでもなく、単にどうしようもない人間なので、彼が語ることを真に受けることもむずかしい、という人物です。そんな「ぼく」が、執拗《しつよう》に、知り得ない「きみ」のバンコク滞在を語っている。けれど、その粘着度がねっとりしてくればくるほど、作者の自分としては「これはいいんじゃないか」と思えてきたんです。

最初から「ぼく」という人物が設定されていて、このように書く、ということが決まっていたわけでもありません。先ほど触れたように、何を書きたいのかということ、バンコクでの経験を書くんだということは決まっていて、そのうえで試行錯誤しているうちに、「きみ」と「ぼく」のかたちに落ち着いていったんですよね。

多和田　ねっとり密着というと、なんだかストーカーみたいに聞こえるじゃないですか。でも面白いのは、結果として「ブロッコリー・レボリューション」のなかで表現されているのはストーカーではなく、実はその逆であるということなんですよ。

岡田　おお、どういうことですか？

多和田　ストーカーというのは、自分の関心、自分の欲望だけを重要視して、そのために相手を利用している人です。それに対して「ブロッコリー・レボリューション」における「ぼく」と「きみ」の関係は、とことん密着するうちに、むしろ相手の「きみ」の立場からみた「ぼく」が描かれ、その結果「ぼく」に不利なことまで描かれるようになっていく。特に「ぼく」の暴力ですね。「きみ」に密着することが自分を客観視する瞬間につながっていく。

岡田　なるほど。「きみ」の経験は、タイで滞在制作したときの作者の経験がもとになっているというのは、お話しした通りです。帰るときに「今後、こんなに長くバンコクに滞在することはないだろうな」と思ったらセンチメンタルな気持ちになり、それを大きな原動力にして小説に向かっていったんですが、センチメンタリズムの垂れ流しをしても仕方ないので、そこは距離を取りたい。と言っても、たとえば男性であるぼくのタイでの経験やそこで抱いた印象を女性の一人称で書けばそれで距離が取れていることになる、とは思えない。それだけでは全然足りない。

そのうち、「ぼく」という語り手のキャラクターを思いついて、この「ぼく」というのは使えるぞ、と思えたんですね。作中で「きみ」が経験していることの描写は、ぼく＝岡田のバンコクでの経験がもとになっていますから、その意味で「きみ」はそれなりにぼく＝岡田です。でもぼく＝岡田には、どうして自分はこんなふうにバンコクで楽しく滞在する日々を送らせてもらっているんだろうという思いも割とあって、それはほとんど作中で「ぼく」が「きみ」に抱いている嫉妬《しっと》や羨望《せんぼう》と同じだと言えて、その意味ではぼく＝岡田は「ぼく」でもある。そのような「ぼく」の視点というか妄想においてであれば、「きみ」の経験したこととして、ぼく＝岡田がバンコクで美味しいカオマンガイを食べたことを描写してもよいだろう、作品として成立するだろう、という気がしたんです。

多和田　そういう複数性の大切さを、わたしもここ数年の間ますます強く実感しています。岡田さんは、小説が陥りがちな一人称的な世界では、満足できないわけですよね。それで自然と複数性が出てくるし、しかも自分のなかにいろんな面があるということではなく、最初から他の人たち――「ブロッコリー・レボリューション」ではたとえばタイ・バンコクの人たちの存在がある。その人たちにとっては「ぼく」の悩みも作者の思惑もどうでもいいわけです。つまり元々は「ぼく」とも作者とも無関係の世界があり、そこに到着してしまった「ぼく」はとりあえずその世界の一部ではありません。その無関係さをよく表しているのがホテルの部屋という空間だと思います。

ずっとホテルの部屋に引きこもっているのが一番自然だと感じる。でもお腹《なか》が空《す》くのでやっぱり誰でも外に出るんですね（笑）。すると雑音や光や匂いなどが自分の存在の中に流れ込んでくる。

「あなた」と「彼方《かなた》」

岡田　ぼくのタイの話をしてきましたが、多和田さんは、どこかに長期滞在した経験から小説を書いた、ということはありますか。

多和田　アメリカには何回か滞在経験があり、そのときの体験が『アメリカ　非道の大陸』（二〇〇六年）という小説に反映されています。またフランスのボルドーには、二ヶ月ほどレジデンスで滞在したことがあって、『ボルドーの義兄』（二〇〇九年）という作品が生まれました。あとはわたしが住んでいるドイツ国内なのですが、ニーダーザクセン州の小さな町にある千年の歴史を持つ修道院に一ヶ月滞在したことがあります。そのときのことは『尼《に》僧《そう》とキューピッドの弓』（二〇一〇年）という作品になっていて、これはもうほとんどルポルタージュといっていい。ほぼ、本当にあったことだけを書いています。

『尼僧とキューピッドの弓』のときは、予想外のことがあったんですよ。修道院といってもすでに宗教色は薄いので本当は「尼僧」という言葉は適切ではないのですが、便宜上、尼僧と呼ばせてもらうと、作中ではその尼僧たちに「透明美」「鹿森《しかもり》」などのあだ名がつけられていて、本名は出てきません。それでも一人一人にモデルになる人たちがいて、その人たちから聞いた話もほぼそのまま出てきます。「こんなことを書いたら怒られるかな」という思いもときどき脳裏をよぎったのですが、日本語で書かれた世界は別世界なのでかまわないだろう、という気持ちがありました。それにフィクションの中に出てくるとかなり事実に近いことでも別の意味合いを帯びてくるので、実際にあったことだということを執筆しているうちに忘れてしまいました。ちなみにこの滞在についてはドイツ語で書いた短編小説もあって、そちらは修道院に送ってあります。内容は『尼僧とキューピッドの弓』と重なる部分もありますが、より抽象化されていて、短めのテキストです。

ところが、ある日、韓国の文学研究者の方がベルリンに訪ねてきて、『尼僧とキューピッドの弓』の研究をしているとのことで、例の修道院をわざわざ訪れて尼僧たちとこの小説の話をしてきた、と言うのです。わたしの小説の研究をしてくださっている韓国の方は何人かいますが、この人は初めてお会いする人で、その行動力には驚きました。尼僧たちは関心を持って小説の内容を根掘り葉掘り尋ねたようです。悪いことは書いてありませんが、ひやっとしました。世界はどこでどうつながっているか、わからないものだと痛感しました。逆の立場からいえば、どこか知らないところに自分のことを書いたテキストが存在するのかもしれず、そのテキストにある日偶然出会ってしまうかもしれない。わたしの場合は日本語で書いた作品しか訳されていない国と、ドイツ語で書いた作品しか訳されていない国とあるのですが、韓国はドイツ文学研究者が世界一多い国とも言われ、日本にも近いので、両者が交差する一つの接点でもあります。

岡田　そんなことがあったんですね。

多和田　『雲をつかむ話』（二〇一二年）も、基本的には本当に経験した話ばかりを書いています。岡田さんは「記録しておきたい」とおっしゃっていましたが、わたしのこの作品の場合などは、自分が実際に出会った犯罪者の話をできるだけ詳しく書いておきたい、という動機で書いたものです。ただ、ルポルタージュに近づけば近づくほど気持ちはフィクションになってきました。その理由はもしかしたら、本当にあったことにはストーリー性があり、わたしの考え出すことにはあまりストーリー性がないということなのかもしれません。

岡田　面白いですね。事実を書いたとか、事実じゃないことを書いたということと、フィクション性というのは、まったく別の問題なんだと思います。全然関係がない、とさえ断言しちゃったほうが、わかりやすくていいんじゃないかというぐらい。

多和田　自分の作品と人称ということでいえば、『容疑者の夜行列車』(二〇〇二年)や、先ほど挙げた『アメリカ　非道の大陸』は、全編にわたって「あなた」という二人称で書きました。特に『容疑者の夜行列車』では、人物の国籍や性別を決めたくないと思ったのが理由です。日本語の一人称は、「わたし」や「ぼく」といった選択肢はあるけれど、属性が決められてしまって、縛られている感じがする。三人称も、彼／彼女というように男か女か決められてしまうし、英語でも she／he のようなふたつの性のカテゴリーに自分をあてはめたくない人たちが、新しい代名詞を考え出して使うような時代になっていますよね。

そういったなかで、「あなた」なら、限定されないので自由だと思ったんです。「あなた」はこういうことをして、ああいうことを言って、と書いていくと、近しさと距離が同時に生まれてくる。また、「あなた」という言葉を書きながら、「彼方」という言葉のことも考えていました。

岡田　多和田さんのお話をうかがっていて、「ブロッコリー・レボリューション」で

「きみ」を使った背景に、似たような理由があったかも、と感じています。いろんなことを限定したくなかった。特に、性別ですね。「ぼく」が男として読まれるのはまあいいとして、「きみ」は男性か女性か、最後まではっきり書いてはいません。「きみ」がバンコクで会うレオテーという人物にかんしては、一か所だけ「彼女」という代名詞を使っているんですが。

多和田　「あなた」と「彼方」という話をしましたが、わたしの場合、それは「住む」ことども結びつきます。遠い地に到着してもそこはすぐに「ここ」にはならず「彼方」のままで、つまり「彼方」に滞在していることになってしまう。『ボルドーの義兄』も『アメリカ　非道の大陸』も、現地に滞在はしましたが「住む」という感じではありませんでした。旅人です。というよりわたし自身、生まれた東京にしても、そのあと移ってきたハンブルクやベルリンにしても、「定住」という実感よりも、住むこともまた移動であるという感覚を抱いてきたんです。わたしが「住む」という感覚を理解できたのは、『献灯使』(二〇一四年)を書いたときが初めてでした。

二〇一一年の東日本大震災と福島第一原発事故のあと、わたしはドイツでの報道、特に原発事故を深刻なカタストロフィとして報じるメディアを見聞きしながら——比較して当時の日本のメディアは、充分に報道できていないと感じながら——「不死の島」という短編（アンソロジー『それでも三月は、また』収録、二〇一二年）を書きました。その後、実際に福島を三回ほど、それぞれ数日ずつかけて訪れて、現地の方々のお話を聞く機会があったんです。そこでやっと、「定住する」というのはどういうことなのかについて考えさせられました。たとえば、祖先のお墓が家の近くにあるからお墓を置いて引っ越すことはできない、というような感覚ですね。「天保の大飢饉《ききん》のときさえこの地に踏みとどまって頑張ってきたのに、いま引っ越さなければならないのは無念だ」と言う人もいました。「住む」というのはこういうことかと、驚きました。福島で聞いた話を想《おも》いながら書いたのが、『献灯使』だったんです。ただしこの小説の場合は聞いた話と書いた話は一致していなくて、まったくルポルタージュではないのですが。

岡田　「想いながら書いた」という言葉が、印象的です。

多和田　非常に大変なことが起こったけれども、それでも人間は毎日を生きていくんだ、というような想いですかね。わたし自身が経験したことではないので、もちろん書かれた当事者の側から批判が来たり、書かないでくれと言われたりする可能性はありますが、『献灯使』の場合、それは一切ありませんでした。そうした問題が起きるときのコンテキストというのは被災者と被災しなかった人の差の他にも、たとえばポスト・コロニアリズムといったような、抑圧されていた文化を抑圧していた側が魅力的な題材として扱って作品をつくる、というようなことがありますね。
抑圧されてきた人たちに対するステレオタイプや、被災者に対する偏見を再生産するような作品を書いてしまえばそれは問題です。そうしたイメージに踊らされることなく、まさに密着して観察し、言葉に対して意識的であり続ければ問題はないだろうと、経験的には感じています。ただ、ホッキョクグマの文化をホッキョクグマの立場から書いた『雪の練習生』(二〇一一年)を、もし本当にホッキョクグマが読んだら、「自分たちはこんなんじゃない」と怒るだろうと思います。

岡田　タイの友人には単行本になった『ブロッコリー・レボリューション』を送りましたが、まだ感想を聞いていません。もしかしたら、日本のぼくたちが映画『ロスト・イン・トランスレーション』を見たときに感じるモヤモヤ感を、タイの人が「ブロッコリー・レボリューション」を読んだときに感じる可能性はありますよね。それはまだ、わからないです。

外国語が響く環境

岡田　改めてタイでの経験を振り返ると、演劇制作の現場ではたくさんのタイの人たちがいて、政治的なことも本当によくしゃべったんです。この対談では、タイでも日本でも、社会が変えられるとは思っていないということに触れましたが、しかしタイの人たちは、政治的なことはしゃべる。日本で演劇をやっている人に比べてもそうした意識はとても強くて、その経験は「ブロッコリー・レボリューション」にも反映されています。たとえば「ミドルクラス」をめぐる「きみ」とレオテーの議論の場面ですね。ぼくが話したタイの人たちの多くは、自分がどの階級に属しているかという自覚があったのですが、日本だとあまり考える必要なく暮らしていますよね。

多和田　あの場面は印象的でした。「三月の5日間」もそうですが、岡田さんの小説ではやはり、外国語が聞こえてくる空間というものが、ものが違って見えてくる瞬間の背景にあるように感じます。日本語だけが聞こえてくる世界だと、たとえば階級なども見えにくい。日本では「格差社会はよくない」という意見は持てても、階級が実際に存在する社会そのものの姿が見えにくいと思います。それはどんな家に住んでどんな車を持っているかなどに現れる貧富の差とはまた別のものです。わたしも東京で育ちましたが、階級意識は周囲にもありませんでした。お豆腐屋さんの娘さんは法律を学ぶためにアメリカに留学したし、大会社の重役も中央線を使っていた。むしろ「日本人」という階級のない同質のアイデンティティだけが前面に押し出されていた印象があります。

ところがドイツにやってきて、最初に働いていたドイツの会社の上司は、「自分は労働者階級の出だけれど、大学にいったんだ」と嬉しそうに話していました。そのときは「いったい何のこと?」とも思いましたが、段々わかっていったんです。

岡田　外国語が響く環境のなかに自分が置かれたときに気づくことがある、という感覚はよくわかります。演劇をやるようになってから外国に呼ばれて、作品のツアーでまわったり、ドイツの公立の劇場で仕事をしたりしてきました。するとひとことでは言えない、社会のなかでのいろんな違和感や、その感覚というもの自体が、モゴモゴと動き出すというか、働き出すんですよね。

ぼくは自分から外に出ていく、ということは全然してこなかったんです。演劇をやっていることで、外に呼ばれる、という経験を積み重ねていくうちに、いろんなことが気になりだす、ということが起きてきた。

多和田　相互作用というものがありますよね。岡田さんが当初は外国に行く気がまったくなかったのだとしても、ご自身がつくっていた演劇というもののなかに、開かれた構造のようなものがあった。それが外部を呼び寄せ、岡田さんとのコンタクトを求めて招待するのだと思います。作家がディスカッションや朗読といったイベントに呼ばれるのとは違って、演劇の場合は現地に長く滞在して、スタッフや俳優と舞台作品をつくるわけですから、交流はもっと密になりますね。わたしが仕事していた劇団らせん舘の人たちも世界をまわって、いろいろな言語を話す俳優たちといっしょに作品をつくっていました。岡田さんの場合はそれに加えて、出かけていった先で何かを受け取り、今度はそれを小説に書いていく。

自分から出向いて、何かを体験しようというのはなかなか大変です。ジャーナリストなら限られた時間内で知りたいことを聞き出すノウハウもあるのでしょうが、旅行者の場合は、旅行者として体験できるものしか体験できない。その体験にも価値はありますが、演出家として呼ばれていって、その地の人たちと一緒に作品をつくるということは、やはり大きなチャンスだと思います。

岡田　そうですね。芸術形式としての演劇が持っている特徴が、ぼくが書く小説にどう影響があるのかというのは、やっぱりよくわかりません。でもこうしてお話ししていると、演劇をやったことによってぼくが経験をしたことが、小説を書くという行為のもとになっているのは、間違いないなと思いました。

（「新潮」二〇二二年十月号より再録）

解説　「ブロッコリー・レボリューション」とでもいうしかないもの

高橋源一郎

　ぼくはこれから『ブロッコリー・レボリューション』という本、正確には、その文庫版の解説を書こうとしている。さしあたって、書くことはなにも決まってはいない。この本には、なんだかその方がいいような気がしたからだ。ところで、ここでいまぼくが書いているのは「解説」で、そして、もしかしたらこれを読んでいる人がいるとしたら、それはあなたなのだけれど、なぜ「解説」なんか読もうと思ったのだろう。それはおそらく、解説を書いているぼくのファンで、なにより、まずぼくがなにを書いているのか気になって読んでみた……などということがあるわけでなく、『ブロッコリー・レボリューション』というタイトルの文庫本を手に入れ、それから順番に（短篇と中篇が入っているから）読んでいき、最後までたどり着いたので、なんとなく読んでしまった、というのが正確なところだろう。でも、なぜ、文庫本には解説なんか付いているのだろう。ぼくは昔からそのことが不思議でならない。しかし、今回そのことを考えていて気づいたことがある。(文庫) 本の解説とそっくりなものがこの世にもう一つあることだ。それは、劇が上演された後のアフタートークである。あれはなかなか不思議なもので、ぼくも複数回出たことがあるのだが、ついさっきまで役者たちが懸命に「演技」をして、作り上げていた「虚構」の世界、その余韻がまだ残っている舞台に、だいたいの場合は、原作を書いた劇作家・演出家とそれ以外の誰かが上り、いま終わったばかりの劇について、なにかを語り合うのである。ついさっきまで上演されていた劇とはまったく異なった雰囲気の対話になるときもあるが、またときには、終わったばかりの劇となんだかそのまま地続きで、もしかしたら、いま目の前でやっている「対話」は、「アフタートーク」などではなく、終幕の後にそっと置かれた「エピローグ」ではないか、と思うときもある。どちらにせよ、あの「アフタートーク」はなんのためにあるのだろう。そこでいきなり、劇作家とそれ以外の誰かが「いま上演された劇の意味」を延々と解説しはじめたら、観客としては、興醒《きょうざ》めというより、せっかくの「観劇」という貴重な体験を台無しにされるような気分になるかもしれない。ということは、そこで期待されているのは、「演劇」という「虚構」の世界から、劇場の外という「現実」の世界へ、徐々に移動してゆくための「心の準備」のようなものなのかもしれない。そのような中間部があってこそ、「内」と「外」

もまた、安心して存在できるのである。というわけで、「ブロッコリー・レボリューション」という中篇小説（この本には他のタイトルの作品も入っているが、とりあえずは、それらを除外する。しかし、ほんとうのところ、それらの短篇もこの「ブロッコリー・レボリューション」の世界を構成する惑星たちなのだ）だが、みなさんがすでに読み終わっているという前提で話す（舞台の上に上がって「アフタートーク」をやっているような言い方ですね）、いや書くのだけれど、これはとても不思議な小説ではないだろうか。というか、いままで読んだことのない体験をさせてくれる小説ではないだろうか。読みながら、みなさんがそのようなことを感じたのではないか、とぼくは思っている。まず誰だって最初に感じるのは、タイトルの「ブロッコリー・レボリューション」っていったいなんだよ、ということだ。「ブロッコリー」と「レボリューション」って、そうとう関係なさそうなんだが。しかし、タイトルになっているぐらいだから、たいへん重要な意味があるにちがいない。そう思って読んでいくと、なんと「洒落《しゃれ》込んで値段も高いカフェなんかの名前」であることが判明するのである。ええ？　ガッカリするじゃないか、と感じるのは、読者だけではないらしく、作中登場人物も思わず「バンコクでほんとうに革命が起きる、それがブロッコリー・レボリューションという通称で呼ばれるようになったのだった、とかだったらいいのに」と呟《つぶや》いてしまうのである。そして、そのことに関して「台湾のサンフラワー・レボリューションとか、香港《ホンコン》のアンブレラ・レボリューションみたいに」とも付け加えられていて、これはどちらも、アジアで近年起こった、若者を中心にした、きわめて新しい政治運動であり、もしかしたら作者は、そんな、精神的にも形式的にも新しいなにかの必要性を訴えているのかも、と思ってしまうのだが、それは読者が勝手にそう思うだけで、実のところ、そういうことについてはなにも書かれてはいないのである。では、その思わせぶりなタイトルの下で書かれているのはどんなことだろう。この小説は、まず「ぼく」という登場人物がいて、いろいろしゃべっている、というか「ひとりごと」を呟いているパートがあり、もうひとり、その「ぼく」の妻である「きみ」の行動が事細かに書かれているパートがある。その、「ぼく」パートと「きみ」パートがおおむね、交互に出てくるのだ。さらにいうと、この「ぼく」というのは、どうやら妻である「きみ」に対してモラハラかつ暴力的な対応をとることが多く、それにうんざりした「きみ」は、なにもいわずに「ぼく」と住むマンションを出て、知人のいるバンコクに向かい、ツーリストとして楽しい時間を過ごし、同時にいろいろ考えもする、という小説なのである。こういう夫と妻が登場する小説は珍しくないかもしれないのだが、珍しいのは、「ぼく」は「ぼくはいまだにそのことを知らないでいるしこの先も知ることは決してないのだけれども」と繰り返していうことだ。このセリフは（ぼくの計算が間違っていなければ）十五回繰り返される。ちなみに、「そのこと」とは、「きみ」が「現在していること」で、そりゃあ一緒にいないのだから知らないに決まっている。なのに、「ぼく」はなぜわかりきったことをなぜ十五回も説明するのか。それはこれが小説だからだ。というか、極めて変わった小説だからだ。それでもぼくたち読者がこの小説を読みながら、おかしいよと思わないのは、おかしいとは思えない構造をしているからだ。ちょっとまあこう考えてみたらどうだろう。みなさんは舞台を見ている。舞台は二つの部分に分割されていて、片方が「夫」の住んでいる東京で、もう片方が「妻」が滞在しているバンコクだ。そして、「夫」と「妻」が交互にセリフをしゃべっている。「妻」はふつうに（ふつうの「劇」で起こるように）セリフをしゃべり、歩き回る。その一方、舞台のもう一つの側にいる「夫」は延々と「妻」への不満をぶちまけながら（そこまではふつう）、同時に時々、「ぼくはいまだにそのことを知らないでいるしこの先も知ることは決してないのだけれども」という。そのたびに、反対側の「妻」の世界が動き始めるのである。なるほどそうだったのか。これはきわめて「演劇的」なものを持ち込んだ小説だったのか。とまあそこまではたぶん誰にだってわかる。わからないのは、なぜそんな形を作者は持ち込む必要があったのかということだ。アフタートークなら「なぜですか？　岡田さん」と訊《き》くところだが、ここで書いているのは解説なので、岡田さんに訊《たず》ねるわけにもいかず、自分で考えてみることにした。この小説が「演劇的」なのは、たぶん、作者がふつうの小説には満足できず、その理由というのも、いま現在、小説というものには「演劇的」なものが不足していて、そいつをたっぷり注いでやらないと生き返れない、と作者が思っているからなのかもしれない。だったら、小説など書かずに「演劇」だけやっていればいいのではないか。いや、作者が（たぶん）そう思わないのは、もしかしたら、いま現在の「演劇」にも満足できず、そこに「小説」的なものを注ぎ込みたいと感じているからなのかもしれない。作者は不満なのである。なにに？　あらゆるものに。世界に、文学に、現実に、形式に。読者である我々もそれは同じだ。わかっているのは、なにかが足りないことだ。そして、そのことによって、我々は死滅しようとしているのだ。必要なのは、繊細で微妙、大胆で優しい、そして奇跡のようなやり方によってしか生まれない「ブロッコリー・レボリューション」とでもいうしかないもの、なのである。

（令和六年十二月、作家）

この作品は令和四年六月新潮社より刊行された。

角田光代著
キッドナップ・ツアー
産経児童出版文化賞・路傍の石文学賞受賞
私はおとうさんにユウカイ(=キッドナップ)された！　だらしなくて情けない父親とクールな女の子ハルの、ひと夏のユウカイ旅行。

角田光代著
さがしもの
「おばあちゃん、幽霊になってもこれが読みたかったの？」運命を変え、世界につながる小さな魔法「本」への愛にあふれた短編集。

角田光代著
しあわせのねだん
私たちはお金を使うとき、べつのものも確実に手に入れている。家計簿名人のカクタさんがサイフの中身を大公開してお金の謎に迫る。

角田光代著
くまちゃん
この人は私の人生を変えてくれる？　ふる／ふられるでつながった男女の輪に、恋の理想と現実を描く共感度満点の「ふられ小説」。

角田光代著
よなかの散歩
役に立つ話はないです。だって役に立つことなんて何の役にも立たないもの。共感保証付、小説家カクタさんの生活味わいエッセイ！

角田光代著
今日もごちそうさまでした
苦手だった野菜が、きのこが、青魚が……こんなに美味しい！　読むほどに、次のごはんが待ち遠しくなる絶品食べものエッセイ。

角田光代著
まひるの散歩
つくって、食べて、考える。『よなかの散歩』に続き、小説家カクタさんがごはんがめぐる毎日のうれしさ綴る食の味わいエッセイ。

角田光代著
私のなかの彼女
書くことに祖母は何を求めたんだろう。母の呪詛。恋人の抑圧。仕事の壁。全てに抗いもがきながら、自分の道を探す新しい私の物語。

角田光代著
笹の舟で海をわたる
不思議な再会をした昔の疎開仲間は、義妹となり時代の寵児となった。その眩さに平凡な主婦の心は揺れる。戦後日本を捉えた感動作。

角田光代著
平凡
結婚、仕事、不意の事故。あのとき違う道を選んでいたら……。人生の「もし」を夢想する人々を愛情込めてみつめる六つの物語。

角田光代著
月夜の散歩
炭水化物欲の暴走、深夜料理の幸福、若者ファッションとの決別――。〝ふつうの生活〟がいとおしくなる、日常大満喫エッセイ！

さくらももこ著
そういうふうにできている
ちびまる子ちゃん妊娠!? お腹の中には宇宙生命体＝コジコジが!?期待に違わぬスッタモンダの産前産後を完全実況、大笑い保証付！

新潮文庫の新刊

杉井光著
世界でいちばん透きとおった物語2
新人作家の藤阪燈真の元に、再び遺稿を巡る謎が舞い込む。メディアで話題沸騰の超話題作、待望の続編。ビブリオ・ミステリ第二弾。

角田光代著
晴れの日散歩
丁寧な暮らしじゃなくてもいい！　さぼった日も、やる気が出なかった日も、全部丸ごと受け止めてくれる大人気エッセイ、第四弾！

沢木耕太郎著
キャラヴァンは進む
—銀河を渡るI—
ニューヨークの地下鉄で、モロッコのマラケシュで、香港の喧騒で……。旅をして、出会い、綴った25年の軌跡を辿るエッセイ集。

沢村凜著
紫姫の国（上・下）
船旅に出たソナンは、絶壁の岩棚に投げ出される。そこへひとりの少女が現れ……。絶体絶命の二人の運命が交わる傑作ファンタジー。

永井荷風著
つゆのあとさき・カッフェー一夕話
天性のあざとさを持つ君江と悩殺されては翻弄される男たち……。にわかにもつれ始めた男女の関係は、思わぬ展開を見せていく。

原田ひ香著
財布は踊る
人知れず毎月二万円を貯金して、小さな夢を叶えた専業主婦のみづほだが、夫の多額の借金が発覚し——。お金と向き合う超実践小説。

ブロッコリー・レボリューション

新潮文庫　お-76-2

令和七年二月一日発行

著者　岡《おか》田《だ》利《とし》規《き》

発行者　佐藤隆信

発行所　株式会社 新潮社

郵便番号　一六二―八七一一
東京都新宿区矢来町七一
電話 編集部(〇三)三二六六―五四四〇
読者係(〇三)三二六六―五一一一
https://www.shinchosha.co.jp

価格はカバーに表示してあります。

乱丁・落丁本は、ご面倒ですが小社読者係宛ご送付ください。送料小社負担にてお取替えいたします。

印刷・大日本印刷株式会社　製本・加藤製本株式会社

ISBN978-4-10-129672-2 C0193